ただし、無音に限り

織守きょうや

推理小説の名探偵に憧れて開設した〈天野春近探偵事務所〉。主な依頼は浮気調査ばかりと理想どおりにはいかないが、ときにいかにも探偵らしい仕事が舞い込むこともある。しかしその大半は、春近の“霊の記憶が視える”という特異な能力を当てにした無茶なものだった。制約の多いその力に振り回されながらも、春近は霊と人を救うため調査を開始する。事件性なしと判断されたはずの資産家の死、二年前に借金を残して行方をくらましていた生死不明の失踪人の「死体」捜索――霊視探偵・天野春近が解き明かす二つの事件を描いた霊能力×ミステリ！

ただし、無音に限り

織守きょうや

創元推理文庫

SILENT FILMS ONLY

by

Kyoya Origami

2018

目次

ただし、無音に限り

第一話　執行人の手

手にとった写真には、ラブホテルの看板と、腕を組んで歩く男女が写っている。

俺にしては、比較的うまく撮れたほうだ。看板の文字と対象の顔が、はっきりとわかる――

しかし、残念ながら、余計なものが写り込んでしまっている。

写真の右下の白いもやを指でなぞり、俺は泣く泣くそれをデスクの上に作った没写真の山に重ねた。

この〈天野《あまの》春近《はるちか》探偵事務所〉は、俺が推理小説の名探偵に憧《あこが》れて始めた事務所だが、主な収入源は浮気調査だ。探偵を始めて二年になるのに、カメラの腕はいっこうに上がらない。そのうえ、俺の撮った写真には、ちょくちょく、こうして妙なもややや影が写り込む。

依頼人への報告書用に、どうにか数枚を選んだが、このままでは写真の少ない、スカスカな報告書になってしまう。この際、少々の「写り込み」には目をつぶってもらうか、と思いながら次の一枚を手にとったとき、デスクの正面にあるドアが開いて、スーツ姿の朽木《くちき》が入ってきた。手には、書類ケースとコーヒーショップの紙袋を持っている。

「お疲れさん。どうだ、調子は」

朽木は、向かいのビルに入っている法律事務所の弁護士だ。俺が探偵業を始める前からのつきあいで、随分とよくしてもらっている。

今まさに写真の仕分けをしている浮気調査も、朽木から紹介された案件だ。

「なんだこれ、随分あるな」

「俺が撮った写真、使えないのが多いから、多めに撮るようにしてるんだ」

「ああ、そういや言ってたな。難儀だな、その体質も」

そう言いながら朽木は、紙袋を掲《かか》げてみせた。差し入れのコーヒーを持ってきてくれたらしい。

俺は礼を言って立ち上がる。デスクの上に置いてあったドーナツの箱を開けてみると、まだ二つ残っていた。

朽木が打ち合わせ用のソファに腰を下ろしたので、俺もローテーブルを挟んだその向かい側に座る。

「食う？　ドーナツ」

「俺はいい」

では俺が二つ食べるとしよう。

買ったときにつけてもらった紙ナプキンで、ハニーグレーズのたっぷりかかったドーナツをつかんでかぶりついた。舌の上にグレーズのしゃりしゃりした甘味が残っているうちに、コーヒーを一口飲み、目を閉じて味わう。自然と笑顔になった。

「あ、そうだ、伏宮《ふしみや》中学の件、話つけてくれてありがと。色々条件つきだけど、校内を見せてもらえることになった」

「ああ、そりゃよかった。最近は特に、学校は部外者の出入りに厳しいからな、心配してたんだ。伏宮中が私立だったからなんとかなったが」

「校内に入れないんじゃ、依頼自体受けられないから助かった。正直、もう浮気調査は飽きてたからさ」

「はは。そう言うなよ、それで食ってるんだから」

朽木は脚《あし》を組み、うまそうに食うなあ、と言って笑った。

まだ四十代前半のはずだが、顎《あご》と鼻の下の無精《ぶしょう》ひげや、古臭いデザインの眼鏡が、朽木を実年齢よりも老けて見せている。ひょろっとした体に真っ黒なスーツを着た姿は、弁護士というより、葬儀屋のようだ。

「まあでも、そんなおまえに朗報だ。仕事を持ってきたぞ、浮気調査以外の」

俺は食べながら目をあげたが、手にドーナツと紙カップを持っているから、メモはとれない。

朽木はかまわず話し出した。

「先月、自宅療養していた資産家の老人の容体が急変して死亡してな。もともと治る見込みはない病人だったこともあって病死として処理されたんだが、葬儀が終わった後になって、老人の長女が、父親の死に不審な点があると言い出したんだ」

資産家の不審な死とは、映画やドラマのような話だ。俺は思わず身を乗り出しかけたが、ちょっと待てよ、と気がついた。

朽木は、病死として処理された、と言った。そして葬儀の後ということは、遺体はもうない状態だ。

「亡くなった当初、事件性なしと判断されたってことだよな。解剖はされなかった？」

「ああ。死亡診断書を書いたかかりつけの医者は病死と判断してるし、遺族も特に解剖を希望しなかった。最初から最後まで、警察も関与していない」

「なら、なんで今頃？　その長女も、死亡直後は何も疑ってなかったわけだろ」

「遺言書が開封されたんだ。被相続人の依頼で、俺が作ったものなんだけどな。財産の大部分を、同居していた中学生の孫に譲《ゆず》るっていう……法的には問題のない遺言なんだが、自分の取り分が思っていたより大分少なかったことに、長女は納得がいかないらしい」

羽澄桐継《はずみきりつぐ》というその老人は、一代で会社を大きくした実業家で、八十歳近くになってからも複数の会社の理事や会長を務めていたが、二年ほど前に体を壊して以降は会長職から退き、隠居生活を送っていたという。

その遺産となれば、かなりの額に及ぶことは想像がついた。資産家の場合、相続について争いが起きるのは珍しいことでもないだろうが、弁護士がついて作成した遺言なら、法律に違反しているということもないはずだ。

「納得がいかないって……そういう遺言なんだから仕方ないだろ。それに、そのじいさんの死因が何だって、もらえる遺産の額は変わらないだろうに」

何らかの理由で遺言自体が無効だと主張するならまだわかる。しかし、遺言自体が法的に有効で、内容も遺言者の遺志を反映したものなら、どんなに納得がいかなくても、相続人にはどうしようもないのではないか。第一、遺言の内容に納得がいかないことと、遺言者の死因を疑うことがどうつながるのだ。

朽木はコーヒーの紙カップを軽く振るようにしてから、プラスチックの蓋《ふた》を開けた。猫舌なので、蓋についた小さな飲み口からでは飲めないらしい。水滴を切った蓋をテーブルの上に裏返して置くと、

「遺言の有効性は変わらないけど、遺言で指定された相続人の数が減れば、その分、残った相続人の取り分は増えるからな」

さらりと言う。

一瞬、どういうことかわからなくて、俺はドーナツを頬張ったまま朽木を見る。

朽木は苦笑して言い足した。

「被相続人を殺害した相続人からは相続権が失われるって話を、どこかで小耳に挟んだんだろ」

俺は口の中のドーナツを飲み込む。

「ってことは……その長女は、中学生の孫がじいさんを殺したと思ってるのか？　さすがに妄想だろ」

遺言に記された孫の取り分が多かったからといって、普通そこまで飛躍するだろうか。

俺も考えすぎだって言ったんだけどな、と朽木は言いながらカップを持ち上げて、コーヒーに息を吹きかけた。

「何か疑う根拠でもあるのか？　その子が疑わしいって思えるような」

「桐継さんが亡くなった日の昼、長女の桜子《さくらこ》さんは兄と見舞いに行ってるんだが、そのときは桐継さんは元気だったそうだ。自分たちが帰った後で容体が急変したのはおかしい、第一発見者が怪しい、と彼女は主張している。桐継さんは孫と二人暮らしだったわけだから、孫が第一発見者なのは当然なんだけどな。一緒に住んでる孫なら、何かするチャンスはいくらでもあっただろうって」

桜子自身も気にとめていなかったことを、遺言が公開されたとたんに思い出したということか。めちゃくちゃだ。

「相続以外についても、桐継さんは孫を優遇していたところがある。俺は桐継さんの代理人であり遺言執行者だったわけで、桜子さんの代理人じゃないから、その内容については、俺の口からあまり詳しいことは言えないが……とにかくそれで、桜子さんが、おもしろくないと思っていたのは確かだ。桐継さんが死んで一番得をしたのは孫で、その孫は病床の祖父に危害を加えられる立場にあった。そういえば、自分たちが帰った後で容体が急変したというのもおかしいんじゃないかと、思い込んだらそうとしか考えられなくなったらしい。もともと思い込みの激しいところのある女性《ひと》でな」

朽木がようやく、カップに口をつける。一口すすって、うまそうに目を閉じた。

「とはいえ、遺体は病死扱いで解剖もされず荼毘《だび》に付されているし、今さら警察も動いてはくれない。捜査を求める根拠がないからな」

「まあ……遺族の思い込みだけじゃなあ」

「それで、警察が捜査を始めるきっかけになるような証拠をつかんでほしいっていうのが、依頼の内容だ」

俺はドーナツの残りを口に放り込み、腕を組んだ。

ドラマティックな依頼であることは確かだ。いつもの浮気調査や素行調査よりはずっと、探偵を目指したときに思い描いていた仕事内容に近い。しかし、おそらく存在しないであろう事件の証拠を見つけてくれと言われても――まさか証拠をでっちあげるわけにもいかない。「探しましたが見つかりませんでした」で依頼人は納得するだろうか。

「もちろん、望み薄だとさんざん念は押した。それでも調査費用は払うと言っている。プロが調べるだけ調べて何も見つからなければ、彼女もあきらめるかと思ってな。おまえも仕事は欲しいだろうし」

俺はハニーグレーズでべとべとになった紙ナプキンを丸めた。ゴミ箱は、朽木の座っているソファの後ろ、壁際にある。俺が紙ナプキンを捨てに立っても、朽木は話し続ける。

「それに、証拠が残ってなくても、おまえなら何かわかるかもしれないだろう。今回は人が死んでる」

俺が振り向くと、朽木はソファの背に片腕をかけてこちらを見ていた。

「依頼人の桜子さんは、亡くなった桐継さんの娘だからな。亡くなった部屋にも入れるし、頼み込めば、泊まらせてもらえるだろう。じっくり調べられるぞ」

「朽木さんも、その子がやったと思ってるのか？」

「まさか」

朽木はあっさりと首を横に振る。

「ただ、俺は遺言執行者だからな。それに関してはかなりの報酬をもらったし、相続人が別の相続人の相続欠格を主張してる以上、遺言のとおりに分けてはい終わり、ってわけにはいかない。桜子さんの味方ってわけじゃないが、無視もできないんだ。孫の楓《かえで》くんはちょっと変わった子だから、桜子さんが疑うのもわからないでもない」

楓。それが、莫大《ばくだい》な遺産を相続した子どもの名前か。

俺はソファに戻って、朽木と向き合った。

「中学生だろ？」

「ああ、楓なんて名前だが、男の子だ。頭のいい子で、桐継さんは、いずれ彼を自分の後継者にするつもりだったらしい。いつだったか言ってたよ。『私も会社をここまで大きくするまではいろんなことをしてきた。人に踏みつけられる生き方は嫌だった。そのために他人を踏みつけることもいとわなかった。あいつは私に似ている。人を踏みつけてでも揺るがずに先へ進める人間だ』――中学生の孫に対して言うことかと思ったけど、実際に会ってみて、意味がわかった気がしたよ」

飲める温度になったらしいコーヒーのカップを傾けながら、朽木は言葉を探しているようだ。なにせ相手は中学生だ。人を踏みつけても揺らぐことなく先に進めるというのは、誉《ほ》め言葉とは言い難い。彼の祖父は間違いなく、孫を評価していたのだろうが。

「会ったって言っても、一、二度だ。よく知ってるわけじゃないから、俺がこんなことを言うのもどうかと思うんだけどな――空気っていうのかな。雰囲気か。それが、桐継さんに似てると思ったな。一本芯の通った感じとか、何を考えているのか読めない感じが」

当然だが、そんな印象だけで殺人の容疑をかけるわけにはいかない。朽木も、彼がやったとは思わないと言っていた。

その一方で、子どもにそんなことができるわけがないと、一笑に付すこともできずにいるようだ。

桜子にどうしてもと言われて仕方なく、というのもあるだろうが、朽木自身の中でも、何か引っかかっていることがあるのかもしれない。しかしそれは、言葉にできるほどの確かなものではないようだ。

「そんな危険な感じの子なのか？　じいさんと仲悪かったとか？」

「何とも言えない。言っただろう、一、二度、ちょっと挨拶《あいさつ》をした程度だ。けど、俺の見る限り、桐継さんに対して反抗的な様子はなかった。桐継さんもその子に目をかけていたしな。彼がやったと思うかと問われれば、個人的には答えはノーだ。でも、やれると思うかと問われたら、正直、自信を持ってノーとは言えない。俺はそこまで深くあの子を知らないが、あの桐継さんが、後継者にしようと決めただけの理由はあるってことだ」

動機の有無《うむ》や、実行したかどうかはさておき、能力的には可能と考えている、ということらしい。それもあって、朽木も、桜子の訴えを無下《むげ》にはできなかったのだろう。

朽木の勘は馬鹿にできない。俺の能力とは違い、経験に裏打ちされた人間観察眼から来るものだ。もちろん、当たるとは限らないが、彼が何かに引っかかりを覚えたのなら、調べてみる意味はある。

「わかった。朽木さんがそう言うなら、調べてみるよ。仕事欲しいし」

「ああ、頼む。助かるよ。桜子さんには俺から連絡しておく。おまえの調査方法についても、話しておくから」

世話になっている朽木のためにも、自分にできることならしたい。

何もないならないでいいんだ、と朽木は言って、カップをテーブルに置いた。

「まあ、おそらくは、偶然なんだろうさ。羽澄楓が変わった子だってことも、遺言があの子に有利な内容だったことも、桐継さんの容体が急変したタイミングも。たまたま重なってしまったせいで、疑わしく見えるだけだ。けど、俺も遺言執行人として、『もしかしたら』なんて疑いながら仕事をしたくないからな。詳しくは、桜子さんから直接聞いて──真相については、できれば本人に訊いてきてくれ」

＊

調査を引き受けると朽木に伝えた、その日の午後に、大上《おおがみ》桜子から電話がかかってきた。着手金を持っていくから早速契約したい、と言う。それではと日程を決めようとしたら、もう近くにいるんですと言われてしまった。

ほかに用事はなかったのでそれはいいのだが、俺は今日人と会う予定がなかったので、Tシャツにカーゴパンツという、ごくカジュアルな服装で出勤している。資産家の女性が父親の死について調べてほしいと相談に来るなどという、ドラマのような依頼はそうそうないので、本当ならもっと探偵らしいファッションで対応したかった。こんなときのために用意してあるスリーピーススーツがあったのに。

着替える暇はなかったが、机の上に積んである写真の山だけ急いで片づけ、なんとか客を迎えられる状態に事務所を整えた直後に、桜子は現れた。

おそらくはシャネルのものと思われるジャケットとスカートを身に着け、ボッテガ・ヴェネタのバッグを持っている。年齢は四十代半ばに見える。少しアイメイクがきついが、美人だ。

「あの子が父の死に関与したって証拠を見つけてほしいの」

朽木から、俺にはある程度事情は話してあると聞いているらしく、彼女は開口一番そう言った。

話が早いのは助かるが、ちょっと落ち着いて、と言いたくなる。

彼女は脚と腕を組んでソファに座り、何故《なぜ》かやたらと高圧的だ。細めの眉がつりあがっているのが、機嫌が悪いせいなのか、そういうメイクなのか、わからない。

「関与したかどうかは、まだわからないですよ。それをこれから調べるんで」

「わかってるわよ。でも、調べてもらえるのね」

高飛車な態度とは裏腹なこの言い方に、お、と思った。

桜子は、依頼を断られる可能性があると思っていたということだ。無茶な依頼だと、自覚はしているらしい。

「もしも本当に、彼が関与していたとしても、証拠は残っていないかもしれません。ご遺体を調べることはもう不可能ですし――できる限りの調査をしますが、現時点においては、何を探すためにどこを調べたらいいのかもまだわからない状況ですから、結果のお約束はできません」

「わかってるわ。見つからなかったときはあきらめる。ダメでもともとだと思ったほうがいいって、朽木先生にも言われたし」

着手金を返せなんて言わないわよ、と彼女はふてくされたように言った。

朽木が大分釘を刺しておいてくれたようだ。ありがたい。

「とりあえず一週間調査してみて、望みがなさそうだと判断したらそう言います。可能性があると感じたら、もう一週間。それで何も出なければ、終了とさせてください」

希望もないのにだらだらと調査を続ければ、費用だけが嵩《かさ》むことになる。

桜子もそれはわかっているのか、いいわ、と頷《うなず》いて腕を組み直した。

「望みがあるとしたらあなたくらいだって、朽木先生が言ってたもの。証拠がどこにあるかわからない事件でこそ、実力を発揮する探偵だって。警察に協力したこともあるって聞いた。手がかりゼロだって言われてた事件で、誰も気づかなかった証拠を見つけたんでしょう」

「買いかぶりですよ。たまたまです」

謙遜《けんそん》ではない。運がよかったのだ。そこに証拠があると俺が気づけたのは、まさに殺された本人が、殺害現場に立っていたからだ。俺にしかその人が視《み》えなかったから、俺が解決したように思われただけで、そこを過大に評価されると心苦しい。桜子から視線を逸らし、革の表紙つきのノートパッドを取り出した。二年前、開業祝いに朽木がくれたものだ。

「何点か確認させてください。甥御《おいご》さんの……ええと、楓くんですか。彼がお父さんの桐継さんを殺害したんじゃないかと、桜子さんはお考えなんですね。どんな手段でとか、心当たりはありますか？」

「そんなのわからないわよ。相手はベッドから起き上がるのもやっとの老人だもの、首を絞めるとか枕を押し付けるとか、いくらでも方法があったでしょ」

「お父さんは、ほとんど抵抗もできない状態だったんですか」

「……そうね。昔は剣道やら合気道やら、武術もやっていて、体を鍛《きた》えていたけど……筋力も落ちていただろうし、体に麻痺《まひ》も出ていたみたいだし」

父親の衰《おとろ》えぶりを思い出したのか、表情を曇《くも》らせて桜子が答える。二の腕にぎゅっと食い込んだ爪は、薄い紫色に塗られていた。

「桜子さんが見た限りでは、お父さんのご遺体におかしなところはなかった、ということでいいですか？」

「首を絞めた痕《あと》とか、そんな目立つものはなかったわよ。あったら誰かが気づいてる。菅井《すがい》先生……父の主治医も、何も言っていなかったし。でも、ちゃんと調べたわけじゃないから、外からわからないような方法で何かされたのかも」

遺体を清めて着替えさせる時点で、目立つ傷があればわかっただろうが、小さな注射痕くらいなら見逃されてもおかしくない。それに、柔らかい布で絞めたり気道を塞《ふさ》いだりして窒息《ちっそく》させれば、体の表面には痕を残さず殺害することもできる。

「お父さんが亡くなったという報《しら》せを受けたのは、いつですか」

「亡くなった日……四月二十八日の、夜七時くらいだったと思う。楓が帰宅して、しばらくしてから父が亡くなってるのに気づいて……家政婦の小池《こいけ》さんから連絡が来たのよ」

「ご遺体や部屋を見て、何か気づいたことはありましたか」

「特には覚えてない。父は眠ってるみたいだった。私たちが着いたときには、もう、菅井先生も来ていて……そう、楓は、すごく落ち着いてた。ほとんどしゃべらなかったけど、それもいつもどおりよ。泣きもしないの」

桜子は憮然《ぶぜん》としている。

人前で泣かなかったからといって、悲しんでいないということにはならない。しかし、桜子には、その様子が冷たく見えたのだろう。それについては、彼女を責めることはできない。

とはいえ、楓が祖父の死を悼《いた》んでいなかったかどうかは確かめようがないし、仮に本当に悲しんでいなかったとしても、殺害したのではないかと疑うのは飛躍しすぎだ。

「楓くんが何かしたのではないかと考えた理由は、何ですか。泣いていなかったから、というだけではないでしょう。何か、疑うきっかけがあったんじゃあ」

彼女を怒らせないよう、言葉を選んで質問する。

桜子は不機嫌そうに眉を寄せた。

「わからないけど、何か、感じたのよ。違和感があったの。もともと得体の知れないところのある子だけど、そのときも、あの子は何か隠してるって、そう思ったのよ。なんとなくだから、そのときは追及もできなかったけど」

随分と曖昧《あいまい》だ。

俺がそう思ったのが伝わったのか、桜子は口調を強める。

「変な子なの、昔から。時計を分解したり、ぬいぐるみの縫目《ぬいめ》をほどいたりして、普通じゃないのよ。動物の形をしたものをばらばらにするとか、そういうのって危ない感じがするでしょう？」

「はあ、まあ……それでその、お父さんが亡くなった日は特別、変な感じがしたってことですか」

「変っていうか……そうね、何かおかしいなって思ったの。今思えばだけど、いつもとちょっと違う感じがした。感覚だから、どこがどうとは説明できないわ」

単に、もともと桜子は楓にいい印象を持っていなかったから、そう感じただけということも十分にあり得る。それに、彼女が父親の死に不審な点があると言い出したのは、遺言が公開された後だと、朽木が言っていた。

死亡直後から感じていた違和感が、遺言の内容を聞いたときによりはっきりとした不信感になったということなのかもしれないが、説得力があるとは言えない。少なくとも、桐継の財産の大部分を相続した楓をやっかんでいるだけだと思われて、警察には相手にされないだろう。彼女の感じた違和感を裏付けるような証拠がなければ。

「もし彼が何かしたんだとしたら、動機は何だと思いますか」

「私たちには想像もつかないような理由で、想像もつかないようなことをしそうな子なの。普通に考えれば、遺産目当てってことになるんだろうけど……」

歯切れが悪い。意外だった。お金目当てに決まってるでしょうと言われるものと思っていたのだが。

(まあ、中学生が金目当てで保護者を殺すっていうのも、ぴんとこないっていうか、それこそ違和感があるし……)

桜子自身も、動機として無理があると思っているのかもしれない。

しかし、今のところは遺産以外に動機らしい動機が見つからないのだから、まずはそこから考えてみるしかなかった。

「お父さんは楓くんに、かなりの金額を残されたと聞きました」

「そうね。私たち兄弟は皆同じくらいの金額で、楓の取り分だけが特別に多かった。父が亡くなるまで住んでいた家も……それは、あの子が今も住んでいる家だから、仕方ないけど」

事前に朽木から伝えられた情報によると、羽澄桐継には四人の相続人がいる。亡くなった長男の息子である楓と、次男、海外にいる三男に、長女の桜子だ。法律で定められたとおりなら、遺産は四分の一ずつに分割される。しかし桐継の遺言によって、遺産の大部分が楓に相続されることになった。朽木が言うには、各相続人には法律上定められた相続分の最低保証額があり、桐継の遺言は、その額をわずかに上回る金額を三人の子どもたちそれぞれに残すという内容になっていたそうだ。

遺言と違う内容で遺産を分けるためには、相続人全員が別途合意するか、遺言どおりに分けられない何らかの理由がなければならない。その理由が、たとえば、相続人の一人の相続欠格だ。相続人が被相続人を殺害した場合は、その相続人は遺産を受け取る権利を失う。

「父は楓に目をかけてた。正直悔しい気持ちもあるけど、それは仕方ないってわかってる。私にとって父はいつも、手が届かないところにいる、どこか怖い人だったけど、楓は父を怖がってなかった。家族の中で一番父の近くにいたのはあの子だったし、父はそれが嬉しそうだった」

眉根を寄せた桜子の表情は、その言葉のとおり悔しそうだったが、それと同時に、淋《さび》しげでもあった。

父親が、自分たちより孫の楓に多く遺産を残したこと自体を、不当だと思っているわけではないのだと——喜ぶことはできないが、仕方がないことはわかっていると、彼女は目を伏せて続ける。

「父は、子どもたちに——私たちに、物足りなさを感じてたんだと思う。あの子に一番期待してた。でも、もしあの子がそれを利用して、たとえばお金のために父に何かしたんなら、許せない」

遺産の取り分がどうのというだけでなく、彼女にも彼女なりの、父親に対する思いがあるのだろう。

彼女の話を聞いた限りでは、中学生の羽澄楓が祖父を殺したと疑うに足る根拠があるとは思えなかったが、調べてほしいと言われれば、調べるのが探偵の仕事だ。できるだけのことをしますと請け負った。

桜子はずっと不機嫌な顔だったし、腕と脚を組んだままだったが、そのとき、ほんの一瞬だけ、肩から力が抜けたようだった。

彼女は着手金をその場で全額支払った。

*

契約を交わすと桜子は立ち上がり、じゃあ行きましょう、と言った。

まずは羽澄桐継が亡くなった家の中を見せてほしい、と言ったのは俺だが、今すぐにと言ったつもりはない。

「今からですか？」

「そうよ」

当たり前でしょうというように、桜子は胸を張って答える。

この後何か用事でもあるの、と彼女に問われて、正直に、ないですけど、と答えてしまった時点で俺の負けだった。

今ならば楓は学校に行っていて、通いの家政婦も家にいない時間帯だから、家を調べるならこの時間帯が最適だという。

事務所を出ると、桜子がさっさとタクシーを停めてしまったので、諾々《だくだく》と従って乗り込んだ。

羽澄邸は、事務所から車で十分ほどの距離にあるらしい。

「家政婦の小池さんは、朝来て朝食の支度をして、楓が登校したら洗濯とか掃除をして、いったん家に帰った後、また夕飯の支度に夕方来るの。まだあと二時間は誰もいないはずよ。もし顔を合わせても、私が一緒なら怪しまれないはずだし」

楓や家政婦に見つかったら、俺は桐継の遺産の調査をするため桜子に雇われた鑑定士だと説明することにした。それならもう少しそれらしい服装をすべきだったかと後悔したが、タクシーの中で思いついたのだから仕方がない。

「家政婦さんも鍵を持っているんですね」

「ええ、父が生きていた頃からずっとよ。長いつきあいで信頼してたし、父がベッドから下りられないんだから、自由に出入りできなきゃ困るでしょ」

タクシーはナビのとおりに走って、羽澄邸の前で停まる。

桜子は千円札を二枚運転手に渡し、釣りは受け取らなかった。お釣りはいいわと言ってタクシーを降りる人種を、俺は初めて見た。

ぐるりと塀で囲まれた家の正面に屋根つきの外門があり、門の横に郵便受けと表札とインターフォンがある。外門には、鍵がかかっていないようだ。

桜子は門を開けて敷地内に入り、バッグから革のキーケースを取り出して、家の鍵を開けた。楓も家政婦もいない羽澄邸をこれから調べようと言い出した時点でわかっていたが、桜子もこの家の鍵を持っているらしい。もともと彼女の実家なのだから、おかしいことではない。

玄関の入口は引き戸になっている。桜子が引くと、からからと軽い音がした。

「楓、小池さん、いる？」

声をかけるのはもちろん、いないことを確認するためだ。

返事がないのを確かめて桜子は小さく頷き、三和土《たたき》に靴を脱ぐ。

「今のうちに調べましょう。楓の部屋はこっちよ」

俺を急《せ》かしながら、さっさと先に立って歩き出した。

当たり前だが、依頼人同伴で調査をするのは初めてだ。どうにもやりにくい。

しかし、俺が一人で、家人の留守にしている家に忍び込んで家捜しをするわけにもいかないから、仕方がない。

せめて明日からは単独で動けるように、彼女の協力が必要な調査は今日のうちに終えておきたかった。

板張りの廊下をずんずん進んでいく桜子を、慌てて呼び止める。

「楓くんの部屋、ですか?」

「毒物を隠しているかもしれないし、病死に見せかけて殺す方法について調べていた証拠とか……あと、毒物をネットで買っていたら、パソコンに履歴が残ってるかも」

なるほど、と思ったが、履歴のチェックなどは別に、俺でなくてもできることだ。

「それは後で……まずはお父さんが亡くなった現場を見せてください。それから、できたら三十分くらい一人にしてほしいんですが。その、集中っていうか、精神統一するために」

「精神統一? ああ……朽木先生が言ってたわ」

桜子は最初、うさんくさそうな顔をしたが、俺の「調査の手法」については朽木が説明してくれていたらしい。完全に納得した様子ではなかったが、廊下の先の部屋を指差して教えてくれる。

「じゃあ、私は先にこっちを調べるから。父の寝室はその突き当たりを右よ。点滴のポールとか介護用ベッドはもう片づけちゃったけど、それ以外はそのままになってるはずよ」

彼女は手前にある別の部屋に入っていってしまった。そこが楓の部屋なのだろう。

俺の調査に立ち会うだけでなく、自分でも証拠探しをするつもりらしい。自分で探すのなら、探偵など雇わなくてもいいのに——彼女ならいくらでも、楓や家政婦の留守中に家捜しをすることはできるだろうに。

わざわざ俺を雇ったということは、普通に目につくところを探しただけでは証拠など見つからないと思っているか、あるいは、すでに探して何も見つけられなかったからだろうが、それでも、何かせずにはいられないらしかった。仮に羽澄楓が何かしたのだとしても、証拠を処分する時間は十分あったはずだ。部屋に毒物を置いたままにしているとは考えにくく、現場からも物的証拠が見つかる可能性は低いが、気持ちはわかる。

桐継の寝室だったという部屋は、十二畳ほどの和室だった。療養中は畳《たたみ》の上にベッドを置いていたのだろう、畳にわずかに跡が残っている。

足つきの立派な将棋盤や、桐の箪笥《たんす》、備前と思われる花器に交じって、タンクをつけかえるタイプの加湿器が置かれているのが不釣り合いだった。療養中に用意されたものだろう。部屋はきれいに片づけられていて、掃除も行き届いていたが、桐継が生前に使っていたものがまだ大部分そのままになっているようだ。

意識して室内を見回すと、ベッドが置いてあったと思われるあたりに、ぼんやりと、人の形の何かが立っていた。

俺には、死んだ人間の姿が視える。それはほとんどの場合、輪郭だけの影だったり、空間の揺らぎのように視え、顔も、性別すら曖昧だ。

そして大抵《たいてい》の場合、それは、じっと動かない。声が聞こえるわけでもなく、ただそこにいるのがわかるだけだ。それがおそらく霊だということはわかるが、誰の霊かまでは、わからない。

しかし、今この場所にいるということは、桐継の霊だろう。俺に視えるのは死後それほど時間が経っていない人間の姿だけで——消えるまでの時間には個体差があるようだが——、ここ数年の間にこの家で亡くなったのは彼だけのはずだ。

お邪魔します、と心の中で言って、輪郭に向かって頭を下げた。

俺には、霊とコミュニケーションをとることはできない。話しかけて答えてもらう、というようなことは、一度も成功したことがない。

もちろん、霊がそこにいるという事実自体が、ときとして有用な情報になるのだが、今回はそれだけでは意味がない。羽澄桐継がこの部屋で死んだことは、皆が知っている。

(桜子さんは、楓の部屋……三十分は、一人にしてくれる)

彼女の気配がまだ遠いのを確認して、深呼吸をした。

「そこにいる」以上の情報を霊から得る方法が、俺にはある。

霊のいる、その場で眠るのだ。

自分の意識が薄れると、霊の意識を拾いやすくなるからだと思っているが、よくわからない。相性もあるのか、眠っても何も視えないこともあるが、こうして姿をぼんやりとでも確認できている時点で、桐継と俺の波長が全然合わないということはなく、何かしらの情報を得られるはずだった。

霊のいる場所で眠ることができなければ、俺はただ、霊らしきものがそこにいるのがわかるだけだ。現場が閉鎖されていたり人目があったりして、人の死んだ場所では眠ることが許されないのが通常だから、俺がそうやって霊から情報を得ることができるケースは限られている。

しかし、今回は安心だ。

若干不審そうではあったが、桜子が一応の理解を示してくれているのは、朽木の信用によるところが大きいだろう。朽木さまさまだった。

和室なので鍵はないが、襖《ふすま》をきちんと閉め、空間を区切った。

睡眠導入剤も持ち歩いているが、頭が痛くなるので、できれば使いたくない。三十分あれば、たぶんなんとかなるだろう。

畳の上に膝《ひざ》をつき、うつ伏せになった。

寝つきはいいし、比較的どこでも眠れるほうだが、やはり屋内だとありがたい。

体の力を抜き、息を吸い込むと、いぐさの匂いがした。

（教えてください、何があったんですか。言いたいことはありませんか）

目を閉じて語りかける。

返事がないのはわかっているが、自分の意識を少しでも桐継のそれへと近づけるためだ。

（あなたは、誰かに殺されたんですか？）

羽澄桐継は、一代で会社を大きくした実業家で、各方面から尊敬を集めていた人物だったという。自分の死後に相続人が争う事態を、彼も望んでいなかっただろう。

誰かに殺されたならその事実を、そうでないのならそうでないことを、桐継の記憶が教えてくれるはずだった。

目を閉じてじっとしていると、閉じた襖ごしでも、足音や、戸を開ける物音がよく聞こえた。桜子が、他の部屋に出入りしたり、引き出しを開け閉めしたりしているのだろう。

本当に楓が実の祖父を殺害したのだとしたら、彼は相続権を失い、遺産は彼以外の相続人たちで分けることになる。そうなれば、それぞれの取り分は大幅に増える。

しかし、この調査は、探偵である俺から見ても、かなり望みが薄かった。今のところ、客観的に楓の犯行を疑う要素は何もない。

期待した金額よりは少ないにしても、桜子が相続する分はかなりの額になる。結果が出る可能性の低い調査に大金を払うより、遺言どおりの金額をもらって満足しておいたほうが、おそらく経済的だ。彼女も、それはわかっているはずだ。

だから、やはり、彼女の言うとおり、金の問題だけではないのだろう。

うとうとし始める。体がふわふわとした眠気に包まれ、桜子の気配が遠くなった。

意識を手放しかけたとき、どこかで、しゃっと何かが擦《こす》れるような音がする。

次の瞬間、

「何してるの」

平坦な声が頭上から降ってきて、俺の意識は一瞬で浮上した。

目を開け、体を起こすと、白いシャツと黒いズボンを身に着けた少年が部屋の入口に立ち、襖に手をかけて俺を見下ろしている。

姿勢がいい。髪は真っ黒で、切れ長の目が印象的だ。

「……羽澄楓？　くん？」

「誰」

「あ、えーと」

見ず知らずの男が自宅に上がり込んで、しかも畳の上で寝ていたというのに、それほど動じた様子がない。冷静に尋ねられて、こちらのほうがどぎまぎした。

「楓、早かったわね。こちら、鑑定士の天野春近さん。父さんの遺産の価値を調査するために来てもらったの」

ぱたぱたと足音がして、桜子が顔を出す。

取《と》り繕《つくろ》うような笑顔は、彼女が努力して浮かべたものだろうが、さほど効果は見られなかった。楓は興味なさげに、ふうん、と言って部屋に入ってくる。それ以上追及してこなかったが、彼が桜子の発言を信じていないのは明らかだった。うさんくさそうな目をこちらへ向けている。

ごく自然な動作で畳の縁を踏まずに歩く靴下も、糊《のり》のきいたシャツも真っ白だ。ズボンもずり下げていない。

写真で見れば、おとなしそうな少年に見えたかもしれない。しかし、実物には、独特の雰囲気と迫力のようなものがあった。

朽木が言っていた、桐継と似た空気というのはこれだろうか。

楓は俺の前を横切って、部屋にあった将棋盤を、上にのせた駒の袋ごと持ち上げる。

「それ、どうするの？」

桜子が思わずといった様子で尋ねると、部屋を出ていく前にちょっと足を止めて振り向き、

「もう僕のだから」

一言だけ言って、そのまま行ってしまう。

彼の足音が遠ざかってから、桜子は「何よあれ」と不機嫌そうに呟いた。

「可愛げのない。人を馬鹿にしたようなところがあるのよね、昔からそうだった。育ててもらったんだから、もうちょっとしおらしくしたっていいのに……あの子、父のお葬式でも、悲しい顔一つ見せなかったのよ。絶対おかしいでしょ。今だって、あの態度」

大きな声ではないが、襖は開いたままだ。楓に聞こえるのではないかとはらはらしたが、桜子は平気な顔をしている。

俺が適当に相槌《あいづち》を打ちながら、楓の出ていったほうを気にしていると、彼女はようやく声をひそめ、

「部屋には何も怪しいものはなかったけど、パソコンにはロックがかかってた。やっぱりやましいことがあるのね」

思ったとおりだ、というように言った。

それは、怪しくもなんともない気がしたが、今ここで桜子に反論しても仕方がない。そうかもしれませんねと、当《あ》たり障《さわ》りのない返答をしておいた。

「あなたのほうは、何か見つかった？　この部屋が気になっていたんでしょ」

「あ、はい。でも、まだ」

ちら、と畳の上に立っている、ぼやけた輪郭に目をやる。

彼からは、まだ何も教えてもらえていないのだ。

「楓は帰ってきちゃったけど、もうしばらく調べていく？　それとも日を改めたほうがいい？　明日でも、いつでもいいわよ」

「そうですね、それじゃあ、日を改めてまた……今度はちゃんと、楓くんと家政婦の小池さんがいるときにお邪魔して、話を聞きたいです。小池さんにも紹介してください」

「わかった。明日でいい？」

「はい。それから、桐継さんの死亡診断書を書いた医師に会いたいです」

これも、桜子は快諾した。

それから、もう一つ、これが一番大事なことだ。

「あと……桐継さんの亡くなったこの部屋に、一晩泊まらせていただきたいんですけど」

*

羽澄桐継の死亡診断書を書いた菅井医師は、羽澄邸から徒歩十分ほどのところにある個人病院の院長だった。血色がよく、見るからに健康そうな老人だ。頬がピンク色で、つやつやとしている。

桐継とは個人的につきあいがあったらしく、彼が自宅療養を始めてからは、毎日看護師を派遺し、二日に一度は往診もしていたそうだ。

今は病院を息子に任せ、本人はのんびりと昔からの患者だけを看《み》ているそうで、桜子に紹介を頼んだ翌朝には時間をとってくれた。

「遺体に傷なんかなかったよ。病死だから、すみずみまで調べたわけじゃないけど」

小柄で、子犬のように丸い目をした老医師は、院長室の革張りのソファに座り、緑茶を飲みながら教えてくれる。

彼には、相続の関係で、桐継の死に不審な点がないか念のために調べている、とだけ伝えてあった。

「死亡診断書を書いたのは、先生ですよね。家族は解剖を求めなかったんですか?」

「病死を疑う理由もないからねえ」

湯呑みを茶托《ちゃたく》の上に置き、菅井医師はふくふくとした顎を撫でる。

桐継の体内には悪性の腫瘍《しゅよう》があり、その影響で足に麻痺が出ていたそうだ。上半身は動いたが、いずれ生命維持に必要な器官にまで症状が及ぶのは明白だった。

「もともと、治る見込みはなかったんだ。命を長らえるための治療をしていただけで……入院すればもう退院できないとわかっていて、最期は自宅で迎えたいというのが本人の意思でね」

「桐継さんの容体は、そんなに悪かったんですか」

「うん、いや、電動ベッドで体を起こして、見舞い客と話をするくらいはできていたよ。手も動くしね。亡くなる一か月前までは、私と将棋を指すこともあったくらいだ。ゆっくりとだけ

ども ね」

そういえば、部屋に将棋盤があった。

「桜子さんは、その日の昼にお見舞いに行ったときは桐継さんは普段と変わらない様子だったのに、その後急変したって言っていたんですが……」

「私が呼ばれたときには、完全に心停止していたよ。確かに急だった。これからよくなることはなくても、まだもうしばらく、もしかしたら一年か二年、生きられると思っていた。わからんもんだ」

「そうなんですか」

容体が急変したというのは桜子の話のとおりらしいが、菅井医師は、それを特におかしいとは思っていないようだ。経験豊富な医者からすれば、そういうことは珍しくないのかもしれない。

「しかし桐継本人は、自分が長くないことを悟っていたようだったよ。万一のときには延命治療は望まない、静かに逝《い》かせてほしいと常々言っていた。私も遺族も、その意思を尊重して、入院は勧めなかった」

彼とは高校の同窓生でね、と菅井医師は目を細める。

「それで特別に私が往診していたんだ。体が動かなくなっても、あいつは最後までかっこよかったなあ。一か月前、最後に将棋を指したときも、私の完敗だった」

もういないんだなあと、淋しそうに言った。

友人として桐継の死を悼んでいる彼に、桐継が相続人の誰かに殺されたというようなことはないか、などとはとても訊けない。訊かなくても、彼の答えは目に見えていた。

「桐継さんが亡くなったのは病気が原因で、間違いないですか」

「ああ。だからもし、保険とかそういうもののために調査してるなら、医者のお墨付きがあると言って、桜子ちゃんや楓くんたちにちゃんとお金が行くようにしてあげてくれ。保険会社からの医療照会にも答えるから」

お墨付きまでもらってしまった。

保険ではなく相続のための調査だと最初に言ったのだが、わざわざ訂正する必要もない。笑って、ご協力ありがとうございますと答えておいた。

やり手の経営者で各界に影響力を持ち、顧問弁護士の朽木や実の娘である桜子にも畏敬《いけい》の念を抱かれていた羽澄桐継が、どんな人物だったのか、俺には想像することしかできない。しかし、朽木は桐継の死後も彼の遺志のために尽力し、桜子は複雑な思いを吐露しながらも、父が他殺であったならその無念を晴らしたいと探偵まで雇い、菅井医師は彼を懐かしみ、その相続人たちのためにできることをしたいと申し出ている。

羽澄桐継が魅力的な人物であったのは確かなようだった。

＊

朝一番で菅井医師を訪ねて話を聞いた後、事務所に戻って浮気調査の依頼人に会い、報告書を渡した。

夕方、また、羽澄邸を訪ねることになっている。それまでに、済ませておかなければならない別件があった。

羽澄邸と同じ市内にある私立中学校で、生徒が屋上から飛び降りて亡くなった件について、調査の依頼を受けている。

公立校だったらこうはいかなかっただろうな、と思いながら事務室に立ち寄って来校者名簿に名前と住所と電話番号を記入し、来校者用の腕章をもらった。これをつけていないと、不審者だと思われて追い出されてしまうのだ。

予定では午後三時か四時頃まで学校で調査をした後、羽澄邸を訪ね、家政婦と楓から話を聞かせてもらうことになっている。家を訪ねるのは美術品などの鑑定のため、ということにしてあるので、あまり怪しまれるような質問はできないが、どうせ一番の目的は彼らではなく、桐継本人から情報を得ることだ。

ちょうど昼休みらしく、校庭には生徒たちの姿があった。俺は制服姿の少年少女たちを横目で見ながら、目立たないように校舎の壁に沿って移動する。

授業が始まるのを待ってから入るべきだったと、少し後悔した。まったくの偶然だが、楓もこの中学校に通っているらしいから、顔を合わせないように気をつけなければならない。俺は鑑定士だと嘘をついているのだから、学校にいるのは変だ。

飛び降りた生徒は裏庭に落ちたと聞いていたが、実際に現場へ行ってみると、校舎の裏側、部室と校舎の間のスペースを裏庭と呼んでいるらしく、ベンチや花壇があるわけではなかった。砂利《じゃり》とその間から生えた草を見るに、あまり手入れはされていないようだ。

校舎をぐるりと囲むようにツツジが植わっていて、そのピンクだけが華やかだった。

部室側には、大人の胸くらいの高さの緑色のコンテナが二つ並んでいる。ゴミ置き場らしい。しかし頑丈そうな蓋がついているせいで臭いはまったくなかったし、部室の陰になっていないところは日当たりもよかった。

飛び降りがあったのは二か月も前だから当然といえば当然だが、一見して、その名残《なごり》はない。

そして――校庭のほうとは比べものにならないほど静かだったので最初は気がつかなかったが、そこには先客がいた。

校舎の裏口から続く、数段だけの低い階段に、少年が一人腰かけて本を読んでいる。

休み時間が終わってから出直そうと、踵《きびす》を返しかけて気がついた。

羽澄楓だ。

俺はとっさに、校舎の陰に身を隠す。

彼は、こちらに気づく様子もなく、ページをめくっている。

(あっぶねえ、よりにもよって)

桜子の知人として一度顔を合わせているから、不審者ではないということはわかってもらえるだろうが、今顔を合わせたら、学校にまで彼を追いかけてきたと思われるだろう。調査対象に、無駄に警戒されるのは避けたい。

美術品などの鑑定士という設定だけブレなければ――たとえば、校内にある絵画や古い調度品の鑑定を頼まれたとか――ごまかしようはあるが、気づかれないにこしたことはなかった。

このまま隠れてやり過ごそう、と息をひそめていると、俺が隠れているのとは反対側から、少年たちが四人、裏庭へ入ってくるのが見えた。

制服のズボンを腰で穿《は》き、髪の色も茶色だったりアッシュ系だったり、楓と比べるとずっと派手な外見だ。

特に真ん中にいる一人は、かなり長身で目立つルックスだった。目つきはよくない。楓も目つきがいいとは言えないが、彼の場合は楓より、攻撃性が前面に出ている印象だ。

校舎の裏へ、煙草でも吸いに来たのかもしれない。

少年たちは賑《にぎ》やかに話しながら裏庭に入ってきたのに、楓は顔をあげもしなかった。

真ん中にいた一番背の高い一人――長めの髪をアッシュブラウンに染めた少年が楓に気づいたらしく、仲間三人に何か言ってグループから離れ、楓のほうに近づいていく。

もし目の前でいじめや恐喝《きょうかつ》行為が行われるようなことがあれば、すぐに止めに入らなければならない。

緊張して、砂利を踏む爪先に力が入った。

少年に目の前に立たれて、ようやく楓は本から顔をあげた。アッシュブラウンの髪の少年が何か言い、楓がそれに返す。少年のほうは顔をしかめているが、楓の表情は変わらなかった。

まったく怯《おび》えるような様子はない。

少し揉《も》めているようだったが、内容はわからなかった。楓は、苛立《いらだ》っている様子の少年に億劫《おっくう》そうに何か言うと、また手元の本に視線を戻す。本人にその気があるのかどうかわからないが、怒っている相手に対して、これはなかなか挑発的だ。

しかし、楓が暴力をふるわれるようなことはなかった。少年は忌々《いまいま》しげに舌打ちをすると、そのまま他の三人の少年たちを引きつれて、来た方向へと歩いていってしまった。

楓は何事もなかったかのように、本を読んでいる。

（おお、かっこいい……）

単純かもしれないが、見るからに強そうな——腕力的にも、スクールカースト的にも——相手に対して毅然《きぜん》とした態度をとったというだけで、俺の中で楓に対する評価は上がった。同級生だったら、きっと俺のほうから声をかけて友達になっていただろう。——相手にされない気もするが。

楓はしばらくそこにいたが、やがて腕時計を見ると、本を閉じ、立ち上がった。それまで腰かけていた階段を上がって、裏口から校舎に入っていく。そのすぐ後にチャイムが鳴った。

チャイムが鳴り終わると、とたんにあたりは静かになった。

俺は校舎の陰から出て、誰もいなくなった裏庭をゆっくり見てまわる。カメラを取り出して、何枚か写真を撮った。生徒の姿が写り込まなければという条件つきで、校内の撮影は特別に許可されている。

飛び降りた生徒がどこに落ちたのか、正確な位置はわからないが、少なくとも、目につくところに悲劇の痕跡は見てとれない。砂利は入れ替えられたのかもしれない。

裏庭の真ん中に立ち、そこから生徒が落下したという屋上を見上げた。

屋上を囲む、柵状の手すりの外側に、後から設置したと思われる金網のようなものが見える。高さはないが、手すりの外に出られないようにしてあるようだ。

屋上の金網を、下から撮った。あれがいつ設置されたかは、後で校長に確認しなければならない。

その生徒が、落ちたのか飛んだのかは、まだわかっていない。

どこにも霊の姿は視えなかったが、とりあえずカメラをバッグにしまい、かわりにポリエステルのレジャーシートを出して敷き、その上に膝をついた。

起きているときは自分の意識が邪魔をするが、眠れば、飛び降りた生徒の意識を拾えるかもしれない。霊は、本人が亡くなった場所に現れる可能性が一番高いのだ。

視線が低くなったせいで気がついた。藍《あい》色の紙切れのようなものが、石段の下に落ちている。膝の埃《ほこり》を払って近づいてみると、布製の栞《しおり》だった。楓が落としたのだろうか。

見たところ、藍染めだ。中学生の持ち物にしては渋いが、楓には似合っていた。

どうせこの後羽澄邸を訪ねる予定だから、そのときに渡せばいい。家の前の道で拾ったと言うか、家の中に落ちていたことにしたほうがいいか——いずれにしても、話をするきっかけくらいにはなるだろう。しわにならないよう気をつけて、バッグの外ポケットにしまう。

改めてレジャーシートの上に腰を下ろし、バッグを枕にして、仰向けに横になった。

あと四十五分は、誰も来ないはずだ。

空が見える。校舎の窓や、屋上も見えた。

(あんな高いところから、飛び降りたのか……)

ぼんやり考えながら、目を閉じる。

できるだけ頭を働かせないように、何も考えないようにして、体の力を抜く。

音楽室からかすかに、ピアノの音と合唱の声が漏れ聞こえてきた。


ゆるゆると意識が浮上する。

夢は見なかった。霊の意識とつながったという感覚もない。

ただ、なんとなく人の気配を感じた。

目を開けると、楓がすぐ近くに立って、俺を見下ろしている。

「何してるの」

羽澄邸で初めて会ったときと同じ台詞《せりふ》を、同じ口調で彼が繰り返した。

俺は慌てて体を起こす。

そんなに長く眠っていたか、と時計を見た。一時間近く経っている。

そういえば、遠くでチャイムが鳴っていたような気がする。

「何でいるの。趣味なの」

「いや、し、仕事……」

「中学校で？」

思わず答えてしまったら、間髪を容《い》れずに追及される。

俺は笑ってごまかそうとしたが、楓はにこりともしない。

昨日一応紹介はされているし、桜子から、今日俺が訪ねることは聞いているはずだが、楓が俺に親しみを感じてくれている様子はまったくなかった。完全に、不審者を見る目だ。中学校の敷地内でシートまで敷いて昼寝をしていたのだから仕方ないといえば仕方ないのだが、心が折れそうな冷やかさだった。しかも、俺が体を起こした後、さりげなく距離をとっている。

「通報するよ」

「仕事だって！　二か月前、屋上から飛び降りた生徒がいて、その原因を調査してんの！」

思わず言ってしまった後で、しまったと思ったが、もう遅い。表情にも出ていたのだろう、楓は馬鹿にするように鼻を鳴らし、

「鑑定士じゃないのはわかってたよ」

容赦なく追い打ちをかける。

「あの将棋盤、たぶんあの部屋で一番高価なものなのに、僕が持ち出しても何も言わなかったから」

最初からお見通しだったらしい。

中学生相手に情けない話だが、仕方がない。俺だって、自分が不動産や美術品の鑑定士に見

えるとは思っていない。

「警察、なわけないよね。調査会社の人？」

「いや、その……」

「調査対象は僕？　依頼したのは叔母さんかな。それとも弁護士？」

「はは……」

　ここまで見抜かれていては、笑うしかない。

「学校まで、ご苦労なことだね」

　答えがないのが答えのようなものだと判断したらしい、楓がさらに冷たく言い放った。

「いや、ほんとに、飛び降りの調査に来たんだって。君の学校だったのは偶然。一つの調査にかかりきりじゃ食ってけねえから」

　その誤解だけは解いておこうと、慌てて立ち上がった。

「ここが、ちょうどその、飛び降りた現場で――」

「知ってる」

　楓はふいと横を向いて言った。

「騒ぎになったし。見てた」

　飛び降りるところを？　それとも、落ちた後の遺体をか。思わぬ告白に、一瞬言葉を失う。

「……見たのか。ショックだっただろ」

「別に」

何と声をかけたらいいのか迷った末の平凡な言葉に、楓が返したのは素っ気ない返事だった。

俺が戸惑っていると、楓はまた顔をこちらへ向け、

「よく許可されたね、学校での調査なんて」

何事もなかったかのように話題を戻す。

「ああ、まあ色々コネとか使って。内緒だぜ。生徒に話を聞くときはまず担任を通して、生徒が希望したら担任も同席させるって条件つきだけどな」

この話はしたくないということかと判断して、俺もそれに乗った。

「飛び降りのことで生徒に何か訊くときは配慮を、と学校側に言われている。楓のほうから話す分にはいいが、本人にその気がないのにこちらから追うのはよくないだろう。

「僕も生徒だよ。早速破ってるんだね。密告しようかな」

「え、もともと知り合いだったんだし、飛び降りに関することを訊いてるわけじゃないんだから見逃してくれよ」

どこまで本気かわからないが、淡々と言うので怖い。楓はにこりともせず、じっと俺を見つめてくる。ぼろが出ないように、これ以上目は合わせないことにした。

「そういう君こそ、何でここに?」

「ときどきここで本を読むんだ。ほとんど人が来なくて、静かだから」

本と言われて思い出した。

「これ、君のだろ。さっきそこで拾ったんだ」

バッグの外ポケットのファスナーを開け、藍染めの栞を取り出して差し出す。

楓は、ありがとう、と言って受け取った。

こういうところは、意外と素直だ。

落とし物を拾ってもらったら礼を言うのは普通のことだが、さっきまでの態度とのギャップのせいで、何だか可愛く見えた。

楓は手に持っていた本を開き、丁寧に栞を挟んでから顔をあげた。

その目から、気味の悪いものを見るような色は消えている。

とりあえず、俺が危険な人間ではないということはわかってもらえたようだ。

「それで、どうして寝てたの。こんなところで」

「え？」

「僕の家でも寝てた」

「ああ……」

楓がこちらを見たので、また目を逸らす。目を合わせていると、動揺をすぐに見抜かれそうだった。

「許可をもらってるにしたって、こんなところで寝るのは変だよ。まして仕事中に。理由があるんだろ。寝ることが仕事に関係あるの」

「……まあ」

「何のために寝るの。こんなものまで用意して、最初からここで寝るつもりで来たってことだ」

表情や声の調子はあまり変わらないが、逃げを許さない勢いで追及してくる。このあたりは中学生らしい好奇心と言えるだろうか。

「ええと、亡くなった人の気持ちを、知るため……っていうか……」

俺はしどろもどろになりながら答える。

楓が黙っているので、ちら、とそちらを見ると、楓の視線は俺に注がれたままだった。怒っているとか疑っているという様子はなく、ただ、じっと待っている。

俺は上を向いて息を吐いた。一度目を閉じて、心を決める。

ごまかすのはやめることにした。

「俺、死んだ人が視えるんだ」

下手なことを言っても、嘘だと見抜かれてしまう気がした。

信じてもらえないとしても――どうせ信じてもらえないなら、という気持ちで、ストレートに事実だけを告げる。

楓が、二回瞬《まばた》きをした。

「霊、っていうのかな。起きてるときは、ぼんやり輪郭がわかるくらい……そこにいるなーってわかる程度なんだけど」

すぐさま「嘘だ」と否定されても仕方がないと覚悟していたが、楓は黙ってこちらを見ている。

より詳しい説明を求められているのを感じたので、さっきまで横になっていたレジャーシートを目で示し、できるだけわかりやすい言葉を探した。

「霊がいる場所で眠ると、もうちょっと、役に立つものが視えることがある。霊と意識を共有できるってことなのかな、霊が生前に見たものとか、死んだ後に見たものが……えーと、死んだ人の視点で、過去のことが、音のない映画みたいな感じで視えるんだ」

自分でもはっきりわかっていないので、言葉にするのは難しい。結局、なんともふんわりした説明になってしまった。

楓は、嘘をついてごまかすのか、子どもだと思って馬鹿にしているのか、と怒り出したりはしなかった。無言のまま、こちらを見ている。どういう表情をしたらいいのか、決めかねているようだった。

もしかしたら、頭がおかしいと思われているのかもしれない。

「信じられないか?」

そっと訊いてみると、

「わからない」

楓は、まっすぐに俺を見たまま、そう答える。

「でも、未知のものに出会ったとき、知ろうともせず自分の常識だけで判断するのは危険だって、教わった」

にわかには信じ難いが、頭ごなしに否定するつもりはない、ということのようだ。

慎重な答えだった。

とりあえず、通報する気はなくなったようでほっとする。

難しそうな子という印象だったが、思ったよりも柔軟な考えの持ち主らしい。

なんとなく、適当なことを言って取り繕っても、彼には見透かされそうだと思った。そうなれば、ますます心を開いてくれなくなるだろう。それよりは、と思っての告白だったが、判断は正しかったようだ。

「そうか」

「理解できないものを、理解できないという理由だけで否定するのは愚かなことだとも言っていたよ」

「君のおじいさんが？」

何気なく訊いたら、

「あの人がそう言ったの？」

楓が目を瞠《みは》った。

あの人、というのが桐継のことを指しているのだと気づく。

「いや、俺がそう思っただけだ」

俺が答えると、楓は「ふうん」と言って、少し気まずそうに目を逸らした。

「もしも本当なら、興味があるよ。——死んだ人の目で視える、死んだ後に見たものも視えるって言っていたね」

話しながら、様子を見るように、一度逸らした視線を俺へと戻す。

「ああ、視えないこともあるし、視えたとしても、知りたい情報に関係ないこともあるから不便なんだけどな」

「死んだ後に意識があるの？　思考は脳でするものじゃないの」

「あー、ええと……」

だからおかしい、嘘だろう、と否定しているのではなく、単純に疑問を口に出しただけらしいのは、表情や声からもわかった。

しかし、俺はその答えを持っていない。自分でもわからないのだ。自分が視ているものが何なのか、何故視えるのか。

なんとなく、霊が死ぬ直前や直後に見たものや、強く印象に残った記憶が視えたり、霊がこちらに視せようとしているものが視えるのだろうと理解しているが、それも確かではない。もしかしたら、そこに霊の意思はなく、ただ、強くその場に残った生前の思念のようなものを拾っているのかもしれない。推測することしかできない。そもそも、あまり真剣に考えてみたことがなかった。

「感情や思考をつかさどる脳がないのに、意識だけあるのはおかしい」

「いや、その……なんでだろう……でも、視えんだもん」

そうとしか答えられない。

俺が頭を掻《か》いて答えると、楓は、

「そう」

と言って黙った。

ああ、これは信じていないかな、と少し残念に思う。いつものことだ。面と向かって嘘つき呼ばわりされないだけましなほうだった。

楓が桐継の死に関係しているのなら、俺が死者を視ることができると聞いて、動揺するはず――少なくとも、警戒心を持つはずだ。その反応から、何らかのヒントを得られるかもしれないと思っていた。しかしそれも、楓が俺の話を信じていればの話だ。

この反応からでは、何とも言えない。

「でも、ここに霊はいないみたいだな。生徒が飛び降りた現場だって聞いて、来てみたんだけど。俺に視えないだけかもしれないけどな」

裏庭を見回して俺が言うと、楓は少しの間考えている風だったが、

「あなたの話が本当だとして――死ぬ直前の強い感情がその場に焼きつくみたいに残るのが霊で、それが視えるって話なら」

「ん？」

「ここじゃなくて、飛び降りた屋上を視たほうがいいんじゃない」

屋上を見上げ、それから俺へと視線を移して、言った。

「落ちて地面に衝突するとき、意識があったかどうかわからないよ」

「……そうか」

言われてみれば、そのとおりだ。

霊は、死んだ場所に現れることが多い。それが、死ぬ間際の感情がその場に焼きついているからだとしたら——この場合、強い思いはむしろ、飛び降りる直前にいた屋上のほうに残っているはずだった。

「そうだな。ありがとう！」

楓の手をとり、両手で握って礼を言う。楓は少し驚いた顔をしたが、すぐにそれをすげなく振り払い、

「変な人だね」

呆れたように言った。

「いや、助かった。頭いいな。行ってみるよ」

「好きにしたら」

こちらに背を向けて、さっさと歩き出す。

本を持ってきたということは、ここで読むつもりだったのだろうが、もう休み時間が残り少ないので、読書はあきらめたらしい。

楓は裏口のドアの手前で、ふと思い出したように足を止め、

「今日、家に泊まるって叔母さんから聞いてるけど」

こちらを振り向いて言った。

「何時に来る？」

「あ、え、行っていいのか？」

鑑定士ではないと知られてしまったので、断られるものと思っていた。

「別にいいよ。調べられて困ることもないし、僕がいないときにあれこれ嗅ぎまわられるよりましだ」

「えっと、じゃあ、六時に行く」

楓は、わかったとも言わずにドアに手をかける。

彼が行ってしまう前にと、急いで声をかけた。

「あ、なあ！　自殺した生徒、知り合いだったのか？」

この件についての質問はルール違反だと言われているが、これくらいなら許してくれるだろう。

楓はドアに手をかけた状態で振り返った。

「学年も違うよ。見たことない生徒だった」

「じゃあ、飛び降りた原因とか、心当たりない……よな」

「ないし、どうでもいい」

素っ気なく言って、ドアを開ける。

「人の勝手だよ」

重い音をたてて、金属のドアが閉まった。

＊

羽澄邸の食堂で、楓と、羽澄家の家政婦小池すみれと、食卓を囲んでいる。

四角い大きなちゃぶ台の向かい側に楓が、右側に小池が座っていて、彼女の傍《かたわ》らには、おひつが置いてあった。そこから、彼女がそれぞれの茶碗にごはんをよそってくれるのだ。

食卓の上には、ごはんと味噌汁のほかに、焼き魚、イカと大根の煮物、ほうれんそうと人参の白和えといったおかずが並んでいる。男の一人暮らしでは、なかなかお目にかかれないような、栄養バランスのとれたメニューだ。

「すみません、夕食までごちそうになっちゃって」

「いいえ。桜子さんからうかがっていましたから」

小池すみれは、もう何年も前から羽澄家に通っている家政婦で、桐継の療養中は、彼の介助もしていたそうだ。今は、掃除、洗濯と、楓の朝晩の食事を作るのが主な仕事だという。年齢は五十代後半か、六十代前半だろうか。頬のふっくらとした小柄な女性で、玄関で出迎えてくれたときも、食事の支度をしているときも、そして今も、常ににこにこしている。

羽澄家のすぐ近くに住んでいて、子どもが独立したのを機に通いの家政婦をするようになったのだと、朗《ほが》らかに話してくれた。保護者を亡くしたばかりの楓にとっては、彼女のような人が毎日来てくれるのは救いになっているだろう。

笑顔で、おかわりは、と訊いてくれるので、遠慮なくお願いした。おひつからよそったというだけで、ただの白米までおいしい。

「でも、鑑定のお仕事って大変なんですね、泊まり込みだなんて」

唐突に言われて、わかめの味噌汁が気管に入りそうになった。小池は、俺の適当な自己紹介をまったく疑っていないようだ。

「そうなんですよ時間帯によって……気圧とかもろもろの変化で状態が変わったりしますから……繊細なので古美術ってやつは」

我ながらうさんくさいと思うが、小池は「そうなんですね」と感心したように頷いている。

楓は呆れた目でやりとりを見ていたが、何も言わなかった。

裏庭ではああ言われたものの、実際に羽澄邸を訪ねるまではやはり不安だったのだが、楓は俺を追い返したりはしなかった。小池にも、何も話していないようだ。

「ごちそうさま」

楓が箸を置き、席を立った。食べ終わった食器を重ねて流し台まで運び、小池に「部屋にいる」と言って出ていってしまう。

俺が鑑定士ではないとわかっていて、何故家にあげてくれたのか、楓の考えていることがわからない。不在時に嗅ぎまわられるよりましだと言っていたが、本当にそれだけだろうか。

(俺に話したいことがある、とか……?)

しかしその割には、さっさと部屋へ引っ込んでしまった。

半信半疑ながらも、学校で話した俺の能力に興味を持ったようだったから、その真偽を確かめたいと思っているのかもしれない。

楓にならって食器を重ね、台所へ運ぶと、ちょうど小池が袖をまくって洗い物を始めたところだった。

「あ、手伝いますよ」

「いいんですよ、お客様は座っててください。後で、食後のお茶をお出ししますね」

台所の隅に、段ボールが置いてあるのが目に入った。「精製水」と書いてあり、蓋が開いている。二本分ほどの隙間を空けて、半透明の白いプラスチックのボトルが詰まっていた。

「何ですかこれ。精製水？」

「ああ、それ、旦那さまの寝室のスチーマー用だったんです」

そういえば、桐継の寝室に加湿器が置いてあった。

「たくさん余ってしまいました。何本もまとめ買いしていたので」

もう、あの加湿器を使う人はいない。そのことに思い当たったのか、小池は淋しそうに目を伏せ、流し台の上にあったスポンジを手にとった。

「最後に使ったのは、桐継さんが亡くなった日ですか？」

「ええ、そうだと思います。毎日使っていましたから」

スポンジに洗剤をつけて一、二回握り、泡立ててから、水につけてあった食器を一枚ずつ洗い始める。

「桜子さんが、当日、お見舞いに来たって聞きました」

「ええ、あの日は、次男の柳司《りゅうじ》さんもお見舞いにいらっしゃいました。今思えば、亡くなる前にお子さんたちに会えたのは、よかったんでしょうね」

どうにかして、怪しまれずに、桐継が亡くなった日のことを聞きたい。俺が話を振ると、彼女は丁寧に食器の裏と表をこすりながら、ゆったりと答えてくれた。

「あの日、旦那さまは珍しく、点滴のバッグをセットしてくれとか、チューブをつないでくれとか、いつもは私や訪問看護師さんがするようなことをお嬢さんたちに言いつけられたそうです。普段は厳しくて不愛想な方でしたけど、やっぱりご家族に身の回りの世話をしてもらうのが嬉しくて、甘えてみせたのかもしれません」

そうして弱みを見せ頼ってみせることが、桐継の、子どもたちへの歩みより方だったのだろうか。

父親は自分たちに物足りなさを感じていた、と言っていた桜子は、些細なことでも、桐継に頼られて嬉しかったのではないか。

しかし、そのすぐ後に桐継は亡くなった。

「ご家族も、点滴の準備をしたりしていたんですか？」

「ええ、留置針なので、点滴のたびに針を刺す必要はないですし……輸液バッグの取り換えくらい、覚えればできるようになります。手順はちゃんと、主治医の先生から教えていただいていますから。楓さんもよく手伝ってくださいました」

そう言いながら、小池が水道の蛇口をひねる。ざっと水が流れ出した。

中学生が点滴の準備まで、と驚く気持ちとは別に、気になったことがあった。

「楓さん、って呼んでいるんですね」

「あら、ええ。本人の希望なんですよ」

小池は流れる水に食器をくぐらせて泡を流しながら、ふふ、と少女のように笑う。

「最初は、坊ちゃんって呼んでいたんです。でも、あるとき、名前で呼んでくれないかって言われて」

「へえ！」

それは意外だ。

俺が興味を示したのが嬉しかったのか、小池は上機嫌で話を続ける。

楓がまだ小学生で、桐継も元気だった頃のことだそうだ。学校から帰ってきた楓に、彼女は、おかえりなさいと声をかけた。今日は坊ちゃんの好きなお菓子がありますよ、と言ったら、彼は荷物を置いて小池の前へ来て、坊ちゃんではなく、名前で呼んでくれないかと申し出た。

「どこどこの家の坊ちゃんとか、誰誰さんの坊ちゃんだと、家や人に附属しているものみたいだ。事実そうだから、嫌だとは言えないんだけど、もし名前で呼んでくれたら、もっとすみれさんのことを好きになる」

楓は彼女に、真剣な顔でそう言ったのだという。

食器を水切りラックに置きながら、小池の口元は、まるで実の孫の話でもしているかのように緩《ゆる》んでいる。

「もっとって言うんですよ、もっと好きになるって。可愛いでしょう、私、嬉しくて」

それから、楓さんって呼んでるんです。そう言って、最後の皿をラックに立てた。

楓くん、ではなく楓さん、という呼び方を選んだのは、子ども扱いしてはいないと示すためだろう。

なんだか、その気持ちがわかるような気がした。

彼女が小学生だった楓の要求に応じたのも、こんな風に笑顔で思い出を語るのも、無理はない。あの、一見無愛想な少年にそんなことを言われたら、自分だってきっと嬉しくなるだろう。

大人びたというかませたというか、小学生とは思えないような物言いだが、それも楓らしい。

小池は水を止めタオルで手を拭くと、さ、お茶を淹《い》れますね、と言った。

「楓くんは、長い間お祖父さんと二人暮らしだったんですよね」

「ええ。ご両親が亡くなってからずっと」

俺は、彼女が戸棚から湯呑みを三つ取り出して、小さな丸いお盆にのせるのを眺めながら尋ねる。

「桐継さんは気難しい人だったという話も聞きます。楓くんくらいの年齢だと、二人で暮らしていて不満が出ることもあったんじゃないですか。反抗期とか……」

「あら」

そんなことないですよ、と彼女はあっさり首を横に振った。

「確かに、旦那さまは厳しい方でしたけど、それは誰に対しても同じです。楓さんに対して、特別厳しく当たっていたというようなことはありません」

湯呑みがしまってあったのと同じところから急須と茶筒も取り出すと、茶筒の蓋で茶葉を量って急須に入れる。それから、電気ポットのお湯を湯呑みに入れて少し冷ましてから急須に注いだ。

「楓さんも物怖《ものお》じしないので、生意気に聞こえることもあるかもしれませんけど、旦那さまは気にしていなかったと思います。むしろ、楓さんを気にかけていましたよ。将来有望だって」

一緒にまた食堂へと移動し、ちゃぶ台の前へ戻る。

茶葉が蒸れるのを待っているとき、彼女は少しの間沈黙していたが、

「……ときどき、二人で将棋を指しているのを見ました。だから、仲が悪かったというようなことはないですよ」

思い出したように言った。

「そういえば、立派な将棋盤がありましたね。古そうな」

「とても高価なものだそうです。自分が死んだらおまえにやる、なんて旦那さまは楓さんに言っていました。ご自分が長くないことを、楓さんに覚悟させようとしていたんだと思います」

なるほど、それで「もう僕の」か。

話しながら、小池はわずかに目をうるませている。

「旦那さまが動けなくなってからも、ベッドの脇に盤を置いて指していましたよ。やっぱり旦

那さまのほうが強くて、いつか負かしてやるって、楓さんは悔しそうにしていました」

「へえ……」

「じきにおまえと将棋を指すこともできなくなる、なんて言っているのを聞いて、縁起でもないと思ってたのに、本当にそうなってしまいました」

目元にエプロンの端を押し当て、涙声になった。

どんなに親しくしていても小池は家政婦で、桐継や楓の家族ではない。しかし、この数年間、血のつながっている桜子たちよりもずっと長く、彼女は二人と一緒に過ごしたのだ。

家族に近い思いを、彼らに対して抱いていたのかもしれない。

だからこそ楓も、彼女を慕っているのだろう。

「小池さんがいてよかったです。楓くん、この家に一人にならなくて」

俺が言うと、彼女はぱっと顔をあげ、

「もちろん、楓さんを一人になんてさせられません。旦那さまが病気になられてからは、万一のことがあったときのためにって、随分先の分までお給料をいただいていましたし」

胸を張って言った。

小池としては、桐継に楓を任されたような気持ちでいるのかもしれない。

彼女には、法的には何の権利も義務もないが、桐継が亡くなった後も変わらず毎日通ってくれるというだけで、楓にとっては意味があったはずだ。

そうなるように給与を先払いしていたというのは、間違いなく、桐継の愛情だった。

「桐継さんは、そんなに……いつ亡くなってもおかしくないような状態だったんですか」

「ええ、気丈にふるまってらっしゃいましたが、大分お悪かったみたいです。私は専門家ではないですし、聞いた話ですけれど」

小池は急須を取り上げ、軽く手のひらで包むようにしてから、三つの湯呑みに順繰りに緑茶を注ぎ始める。

「来年の今頃はもういないかもしれない、でも、少しずつ弱りながら、このまま何年も生きられるかもしれない。そんな不安な状況でも弱音を吐かず、毅然としてらっしゃいました。立派な方でした」


鑑定士だと嘘をついて上がり込んだ手前、食事の後は一時間ほど、わざと小池の目に入る場所で白い手袋をはめ、花器や美術品をひっくり返したり色々な角度から眺めたりして、形だけ鑑定の真似事をした。

夜の九時頃になると、桐継の部屋に客用の布団を用意して、小池は自宅へと帰っていった。明日の朝、また、朝食を作りに来るそうだ。

楓は、彼女が帰るとき、部屋から出てきて、玄関で見送った。

ちゃんと戸締りしてくださいね、もし夜おなかがすいたらスープがありますからね、などと母親のように声をかける彼女に対し、「うん」くらいしか言わないが、うるさがったりはせず、素直に聞いていた。

玄関の戸が閉まり、小池の足音が遠ざかると、言われたとおりに鍵をかけ、横にいる俺のことは気にも留めない様子で踵を返し、歩き出す。

二人きりになれば、学校でのときのように、それなりに話をしてくれるのではないか。俺は勝手にそう期待していたのだが、楓にそのつもりはなさそうだ。

「あー……っと、トイレどこ?」

とりあえず会話のきっかけを、と思って声をかけると、楓は廊下の突き当たりにあるドアを指差した。襖や引き戸ではなく、洋風のドアだ。

そのまま自分の部屋に入ろうとするので、

「あ、なあ!」

急いで呼び止める。

せっかくのチャンスなのに、このままではまともに話も聞けないまま今日が終わってしまう。

「時計、」

俺が言いかけると、楓は足を止め、こちらを向いた。

「……分解したって聞いた。何で?」

いきなり何、と言われるかと思ったが、

「どういう仕組みなのか気になったから」

意外とあっさり、答えが返ってくる。

「ぬいぐるみを解体したのも?」

「たぶんそっちが先。単純な構造のものから試したから」

そう答えた後で、付け足した。

「でも、昔のことだ。小学生のときだよ」

今は、興味は別のことに移っているということか。

「今、興味があることは？」

「色々あるけど」

「人間とか？」

「そうだね」

「俺が中学生くらいのときは、人は何で死ぬんだろうとか、死んだらどうなるんだろうってずっと考えてたな」

「生きていることのほうが不思議だよ。よくわからないメカニズムだ」

「死ぬことは？」

「よくわからないメカニズムが停止した状態が死だと思うけど、それもやっぱりよくわからない」

もう十分つきあったということだろう、楓はそこまで言うと、自室のドアを開けた。もうこれ以上話すつもりはないという意思表示だ。

「俺を家にあげてくれたのって、そのへん関係してたりする？　興味があるから？」

楓はそれには答えなかった。

「トイレはそこ」

もう一度廊下の先を指差して、ドアを閉めた。

桐継のベッドの置かれていた場所に布団を敷き、横になった。

電気の消えた室内で、桐継の霊の輪郭だけが、電気を消す前と同様に浮かんでいる。

俺は仰向けになって首だけを傾け、ぼんやりとそれを眺めていた。

桐継は、孫を大事に思っていたらしい。

楓が祖父をどう思っていたのかはわからないが、小池の話を聞く限りでは、仲は悪くなかったようだ。

今のところ、楓が祖父の死に関与したことを示す証拠は何もない。疑う根拠も、いたって弱い。

あの年頃なら、少しくらい保護者に生意気な態度をとるのは普通だろうし、厳しい祖父を疎《うと》ましく思うことがあったとしても、殺人の動機があったとまでは言えないだろう。二人暮らしだったのだから、第一発見者が楓なのは当たり前で、それも疑う理由にはならないように思えた。

（確かにちょっと変わってるし、生きてるのが不思議だとか……ときどき、どきっとするようなことを言うけど）

殺人を犯した犯人なら、自分を疑っている大人にわざわざあんなことは言わないだろう。俺が桜子に雇われた人間で、おそらくは祖父の死について調べていると知っていて、自宅に上げたりもしない。

決して愛想よくはないが、ああやって話にも応じてくれるのは、彼自身も言っていたとおり、調べられて困ることがないからだろう。

俺が、死者の見たものが視えると明かしたときでさえ──半信半疑といった風ではあったが──、楓に動揺した様子はなかった。

祖父の意識を視られてもかまわない、ということは、楓は桐継の死には無関係ということだろうか。

そう思わせるのが目的、という可能性もある。霊が視えるという俺の話自体がでまかせだと踏んで、やましいことはないとアピールしているか、たとえ俺の話が本当でも、それだけでは証拠にならないとわかっているのかもしれない。自分の関与を示す物的証拠は残していないと自信を持っていて、俺を脅威に感じていないという可能性もある。

情けない話だが、大いにありそうだった。

しかし、楓が俺をどう思っているかは別として──まだ何もつかめていないので、あくまで俺の心証としては、の話だが──やはり、彼が桐継に何かしたとは思えない。

小池に確認したところ、合鍵は桜子だけでなく、相続人皆が持っているそうだ。もともとここは彼らの実家だし、桐継はベッドから下りることもできず、小池は通いの家政婦なので、いないこともある。楓が学校に行っているときも見舞いに来られるよう、そうしていたのだという。

それなら、楓以外の相続人にも犯行は可能だったということになる。

そもそも、桐継が他殺であるという可能性自体が低いわけだが、もしもそうだとしても、楓が特別、殺人の準備や実行をしやすい立場にいたとは言えない。誰にでもチャンスは平等にあったのだ。

動機も同じだ。桜子は、遺言が楓に有利な内容だということを、遺言が公開されるまで知らなかった。ほかの相続人もそうだし、楓自身もだろう。皆、遺産は均等に分けられると思っていたはずだ。

となれば、動機の点でも、楓一人が疑わしいわけではない。金に困った相続人の誰かが、早く遺産を受け取りたくて殺したのかもしれない。むしろ、中学生の楓より、大人たちのほうに動機がありそうに思える。

他に動機のありそうな相続人がいないか調べてみるか？——それは依頼の範疇《はんちゅう》から外れるか。桐継の死に楓がかかわっている証拠を探してほしい、というのが桜子の依頼だ。しかし、「証拠はありませんでした」という報告だけで、彼女が納得してくれるかは疑問だった。

他殺だったのか病死だったのか、その情報は桐継の霊から得られるはずだ。しかし、証拠が見つかる可能性は低い。無罪の証拠にしろ、有罪の証拠にしろだ。

証拠が見つからなければあきらめると言ってはいたが、実際にはそう簡単にはいかないだろう。

――いや、最初から、あるわけがないと決めつけるべきではない。俺の依頼人は、彼女なのだ。

枕の上で首を振って、ぎゅっと目を閉じ、また開いた。

桐継の輪郭は、変わらずそこにある。

子どもの頃憧れた名探偵は、小さな証拠から推理を駆使して真実を見つけ出していたが、俺の場合は逆だ。事実を知ってから、それを裏付ける証拠を探す。

それには、やはり、「本人」に教えてもらうしかない。

(何か視えるといいなあ……)

あくびをして、目を閉じた。

最初に視えたのは、白い粉だった。

さらさらと、プラスチックのボトルに流し込まれている。

台所で見た、精製水のボトルだ。

それから、ベッドカバーの上に散らばる、空の薬のシートと調剤薬局の袋、次に、点滴の輸液バッグをポールにセットしている誰かの手が視えた。

どれもわずか数秒の、断片的な映像だった。視点の主は、桐継の寝室のベッドの上から、それらを見ている。

輸液バッグと手が消えて、四つ目の映像が始まった。

視点の主は、天井を見上げている。顔を傾けて横を向くと、桜子と壮年の男が、ベッドのそばに立って何か話しているのが視えた。

視点の主——桐継が、指差して何かを指示し、それに応えるように、桜子が何かを探すそぶりを見せる。彼女が湯呑みを手にとって差し出したところで、映像が切り替わった。

五つ目の映像だ。同じ寝室内だが、今度は楓が一人で、ベッドサイドに立っている。部屋には夕日が射し込んでいる。桜子たちを見ているときはベッドの上からの視点だったが、今度は、さっきよりも少し視線が高くなったようだった。

楓は、ほとんど中身がなくなった状態のアルミの容器を手に持っている。ラベルの文字も見えた。塩化カリウムと書いてある。

もう片方の手の中では、調剤薬局の袋が握り潰されていた。

(——え?)

俺自身の意識が混ざり始めた。

こうなると、もうすぐ、目が覚めてしまう。

まずい、もう少し、と思った瞬間、駆け込んでくるように、また映像が切り替わる。

視えたのは、将棋を指す指だった。

骨ばって、しわだらけの指は、桐継の手だ。

将棋の駒を持ったその指から視線をあげると、今よりも幼く見える楓が、仏頂面でこちらを見ている。

制服姿で正座をして、両手を膝の上に置いた彼との間に、将棋盤があった。場所はこの家の縁側だろう。日が射していた。晴れた朝か、昼のようだ。数か月か、もしかしたら年単位で、昔の映像だろう。

庭に面したガラス窓に、二人の姿が映っている。

楓が何か言ったようだった。

声は聞こえない。何か言って、その口がへの字に結ばれる。

俺は目を覚ました。

＊

「おはようございます。楓さんはもう学校に行かれましたよ」

俺が布団を畳み部屋を出ると、台所から顔を出した小池が、朝食をどうぞ、と声をかけてくれた。

もう、午前八時を過ぎている。小池が来たのも楓が出ていったのも、まったく気づかずに眠っていた。さすがに気まずい。

「座っていてくださいね、すぐお味噌汁を温めます」

「すみません、ありがとうございます」

食卓につき、小池が朝食を用意してくれているのを待つ間、さっき視たものの意味を考える。

寝過ごしてしまったのに気づいて慌てて部屋を出てきたが、まだ頭が混乱していた。

空になった薬のシート、加湿器用の精製水に溶ける白い粉末――そして、ベッドサイドに立っていた、あれは確かに楓だった。

その手に握られていた薬の袋と、アルミの容器。それが何を意味するのか。

（楓が――かどうかは別として、誰かが、精製水のボトルに薬品を溶かしたのは確かだ。それから、あの部屋に大量の薬のシートがあったことも）

桐継は、毎日加湿器を使っていた。それを知っていた誰かが、精製水に毒を混ぜたとしたら――毒入りのスチームで、人を殺すことは可能だろうか。もしもそれが可能だとしたら、体に痕跡を残さず殺害することができる。

（いや、それはさすがにないか……寝室には他の人が出入りすることもあるし、閉め切ってたって部屋の外に漏れないとは限らない。リスクが高すぎる）

大体、相手はほとんど身動きできない病人なのだから、そんな面倒な殺し方をする必要はない。霧状にして吸わせても死ぬような毒物なら、飲ませるほうが簡単だし確実だ。

それに、そもそも、まだ殺人と決まったわけではない。

視えたのは、誰かが水溶液を作っているところだけで、それを桐継に飲ませたり、何らかの形で投与したりしているところではないのだ。

たとえば、精製水に混ぜた粉はスチーマー用のアロマの粉末で、薬の袋もシートも、ただ捨て忘れて溜まっていただけ、ということもあり得る。それを楓が見つけて、捨てたのかもしれない。

何かあったかもしれないと疑う気持ちがあるから不穏に感じただけで、あのヴィジョンには、桐継が他殺だったことを示す決定的な何かはなかった。

（そうだ、えーと確か、なんとかゾラムと「塩化カリウム」……）

薬の袋に書いてあった文字はうろ覚えだが、アルミのパウチに書いてあった文字のほうはしっかりと覚えている。スマートフォンを取り出して検索した。

検索バーに文字を打ち込むなり、予測変換で「塩化カリウム　安楽死」「塩化カリウム　注射」と物騒な単語が表示される。

（「塩化カリウム自体には毒性はなく、食品にも使われていて簡単に入手できるが、静脈に注射すると心停止を引き起こす。アメリカのいくつかの州では死刑執行にも使用され……」）

読み進むにつれて、背筋が冷たくなった。

静脈に入ることで、心停止を引き起こす薬品。それが桐継の寝室にあった。誰かがあの部屋で、その水溶液を作っていた。

桐継は病死ではなかった。

視た直後は思い至らなかったが、輸液バッグのヴィジョンが視えたということは、それにも意味があると考えるべきだろう。

薬物は、点滴の輸液の中に混入されたのか。

遺体に不審な点はなかったと菅井医師は言っていたが、療養中だった桐継の体には、もともと点滴の針の痕があったはずだ。点滴の薬剤に毒物を混ぜれば、疑われずに犯行が可能だ。

楓さんもよく手伝ってくれました、という小池の言葉を思い出し、どきりとした。

いや――楓だけではない。小池も、桜子を含むほかの家族も、点滴の手順は知っていた。

塩化カリウムの水溶液を点滴の輸液に混ぜ、それをいつもどおりポールに吊るして、チューブで留置針とつなぐ。それだけで、誰にも気づかれずに桐継の心臓を止めることができた。

このやり方なら、証拠は体内にしか残らない。

技術的には、楓や小池はもちろん、桜子たち相続人の誰にでも犯行は可能だ。楓や小池は日常的に点滴の器具に触っていたし、見舞いに来た家族が点滴の準備をすることもあったと、小池が言っていた。

楓も、小池も、桜子たちも、あの家で桐継と二人きりになることは簡単だった。犯行の機会という面でも、誰が犯人でもおかしくない。

しかし、わざわざ探偵を雇って調査を依頼した桜子が犯人とは思えないし、利害関係のない小池には、楓以上に動機がない。それを言うなら、楓にも他の相続人にも、動機と言えるような動機はないが――俺の個人的な感情を抜きにすれば、現段階で一番怪しいのはやはり楓だ。

彼は祖父の寝室で、薬局の袋や塩化カリウムの容器を手に持っていた。入れたところを視たわけではないが、少なくとも楓は、それがあそこにあったことを知っている。塩化カリウムが何なのかは知らなくても、祖父の亡くなった直後に部屋から何かわからないものが見つかれば、楓なら調べてみるだろう。検索すればすぐに出てくる。

　楓自身が犯人でないのなら、それが祖父の死に関係しているかもしれないとわかっていて、彼が黙っている理由がわからない。

　しかし俺には、楓が、自由になる金のために、あるいは恨みのために、祖父を手にかけるような子どもだとは思えなかった。

　楓は頭がよく、度胸もありそうだ。朽木が言っていたとおり、能力的には犯行は可能だろう。しかし、そんな身勝手で幼稚な理由で、彼は殺人を犯すだろうか。たった二日の間見ていただけでも、それはないと強く感じていた。確信に近い。

　楓が大それたことをするとしたら、きっと、もっと――何か大事な、譲れないことのためだ。それが、鍵である気がした。

「はい、どうぞ」

「ありがとうございます」

　小池が、朝食を運んできてくれる。

　目玉焼きと大根サラダと厚揚げを焼いたもの、それに味噌汁と、白いごはんに海苔と漬物が、ちゃぶ台の上に並べられた。

　不穏な新情報に動揺して、暗い気持ちになっていたが、笑顔で取り繕って、まずお茶を一口飲む。現金なもので、湯気のたつおかずを見ていると、次第に食欲が湧いてきた。

　手を合わせ、ありがたくいただく。

体に沁《し》みるような味だった。

「あ、あの」

「はい？」

「台所に、加湿器用の精製水がありましたよね。あれの空ボトルってどうしてるんですか？」

お茶のおかわりを淹れに来てくれた小池に声をかける。

彼女は不思議そうに首をかしげた。

「空のボトルは全部リサイクルに出してしまいましたから、今はありませんけど……どうしてですか？」

「あ、いえ、俺も加湿器を買おうかなって思ってて。でも、ボトルがかさばりそうだなって」

言われてみれば当たり前のことだ。先月の空ボトルが残っているわけがない。

笑顔でごまかし、厚揚げを箸で切って、口に運んだ。

これおいしいですね、と俺が言うと、小池は笑顔で、近くのお豆腐屋さんで買ってるんですよ、と教えてくれる。

唐突な質問を、さほど不審に思われずに済んだようだ。

しかし、彼女が気安く答えてくれるからといって何でも訊いていたら、さすがに怪しまれる。質問は厳選して、できるだけ自然な流れで訊かなければ。

それに、彼女がこの件について、決定的なことを知っているとは思えない。もし楓が犯人だとしても、彼女に悟られるようなことはしないはずだし、楓以外の誰かが犯人なら、ますますもって、彼女は何も知らないだろう。

食事を終えてから、小池に頼んで物置を見せてもらった。財産目録にない骨董品などがないか調べるためだと小池には説明したが、塩化カリウムの容器や医療器具が隠されていないか、念のために確かめたかった。

思ったとおり、今の季節には使わない暖房器具などが置いてあるだけで、桐継の死に関係していそうなものは何も見つからない。

何かあるとしたら楓の部屋だが、本人に無断で部屋を漁るのはさすがに抵抗があるし、桜子がすでに調べたと言っていたから、探しても無駄だろう。

薬の袋やシートも、塩化カリウムの容器も、ほかのゴミに紛れ込ませて捨てるだけで簡単に処分できる。

事件直後なら、「犯人」が隠し持っているということもあったかもしれないが、もうとっくに、この家にはないと考えたほうがいい。

薬の袋や容器の件を確実に知っているただ一人の人物は楓だが、彼が容疑者である以上、現段階では直接訊くわけにもいかなかった。

楓に話をするとしたら、少なくとも、一定の証拠に基づいた仮説を立ててからだ。

小池に二度の食事の礼を言い、羽澄邸を辞したときは、すでに十時を過ぎていた。

歩きながらスマートフォンを取り出し、履歴から朽木の番号にかける。

『どうした?』

「羽澄桐継さんの部屋で、加湿器用の精製水に白い粉が溶けるところを視た。詰め替え用洗剤みたいなパウチ入りの粉で、塩化カリウムって書いてあった。それから、大量の薬の空シートと袋も」

二回のコールで朽木が出たので、挨拶も抜きに視たものを伝える。

「薬の袋と塩化カリウムの容器を、楓が手に持ってるところも視た。さっき調べたら、塩化カリウムは、血中に入ると心停止を引き起こすって。誰かがそれを精製水に溶かしたんだ。たぶん、点滴に混ぜて投与した」

早口になるのを、落ち着け、と電話の向こうで朽木が止める。

『順に聞くから。薬の種類はわかるか？　袋に名前が書いてなかったか』

「確か、ええと、ブ…なんとかゾラム……」

『ブロチゾラム？』

「そう、それ」

『睡眠薬だ。病院でもらえるやつだな』

「睡眠薬……」

『桐継さんも、処方されてたはずだ。あの手の薬は安全性が考慮されていて、大量に飲んでも死ぬようなものじゃない』

「じゃあ、毒物を投与するときに、抵抗されないために使ったのかもしれない」

もしくは、せめて苦しまずに眠りの中で逝《ゆ》けるようにとの意図があったのか。

『睡眠薬の袋と、塩化カリウムの容器を、楓くんが持っているのを視たんだな。それから、精製水に塩化カリウムが溶けるところ……他には？』

「桜子さんと、もう一人男の人がお見舞いに来てるのが視えた。あと誰かが点滴のバッグをポールにセットしてるところと……たぶん昔の記憶だけど、楓とじいさんが将棋指してるところも」

『輸液バッグをセットしてたのは、楓くんか？』

「わからない。違うと思う……家政婦の小池さんかも」

手しか視えなかったが、女の手のようだった。菅井医師のところの看護師という可能性もある。

『桜子さんと、もう一人はたぶん、次男の柳司さんだな。亡くなった日の昼間に見舞いに行ったらしいから、そのときの様子が視えたんだろう』

「桜子さんを視てるとき、俺は……っていうか視点の主はベッドの上にいたけど、楓を視てるときは視点がちょっと上からだった。桜子さんたちが来ていたときはまだ生きていて、楓を見下ろしてるときは霊になっていたんだと思う」

そうか、と電話の向こうで朽木は小さく言って、三秒ほど黙った。

彼も、事件性を示唆するようなヴィジョンが視えるとは考えていなかったのだろう。

『桐継さんの死に際して羽澄楓が何かした可能性は否定できない、というか、かなり高そうだな。あながち桜子さんの妄想ってわけでもなかったってことか』

「楓が水溶液を作るところを視たわけじゃないから、まだわからないけど……」

確かなのは、桐継の死はただの病死ではなかったということだ。

イコール楓が犯人ということにはならないが、その可能性に気づいただけで気が重くなる。

楓と話したり桐継の話を聞いたりするたび、あの少年が殺人者などでなければいい、羽澄桐継はただの病死であればいいと、思うようになっていた。桜子の抱いた根拠もない疑惑が思い込みにすぎないことを、確認するための調査だと思っていたのに。

『いずれにしても、証拠がないとな。夢で見たなんて理由じゃ、警察も動いてくれない』

朽木はあくまで淡々と続ける。

『誰かが精製水に薬物を溶かして点滴に入れたっていう証拠……せめて手がかりが残ってないか、調べてみてくれ。一か月も経ってりゃもう処分されてるだろうが、念のためだ』

了承して電話を切った。

俺の視たものは、証拠にはならないのだ。

桐継の部屋に塩化カリウムがあった。誰かがそれを精製水に溶かした。楓は塩化カリウムや睡眠薬の存在を知っていたのに、それを黙っていた。

俺が「目撃」した事実はそれだけだ。

(それが何を意味するのか考えろ)

そして、その事実を知っているのが、自分だけでは意味がない。

事実を裏付ける証拠を、見つけなければならない。

桜子に電話して、楓の写真を借りたいと申し出ると、快諾してくれた。

すぐに用意してくれると言うので、羽澄邸からそれほど遠くない彼女のマンションまで取りに行く。

*

海外にいるという三男以外、桐継の相続人たちは皆、同じ市内に住んでいるらしい。

天井の高いロビーで待ち合わせた桜子は、二日前に会ったときよりラフな服装だったが、しっかり化粧はしていた。

「どう、調査を初めてまだ二日だけど、何か見つかった？」

「今のところは、何も。でも、写真をお借りして、何か所か聞き込みをしてきます」

「そう。ちゃんと調べてくれてるみたいで安心した。……これ」

差し出された茶封筒を受け取った。

「法事のときに、親戚の皆で撮ったのしかないけど」

中から、数人で並んで撮った写真が出てくる。

真ん中に写っているのが桐継だろう。見るからに厳格そうな老人だ。

去年撮ったものだというそれには、合計七人が写っていた。

桜子が、全員の名前を教えてくれる。

桐継、楓、桜子、その夫明《あきら》、桐継の次男の柳司、その妻由美子《ゆみこ》、その息子悠真《ゆうま》。

黒いスーツの大人たちの中で、子どもは楓と悠真だけだ。二人とも制服を着ている。

柳司の顔には見覚えがあった。ヴィジョンの中で、桜子と一緒に、桐継のベッドサイドに立っていた男だ。

「桐継さんが亡くなった日、桜子さんは、柳司さんと一緒にお見舞いに行かれたんですよね」

「そうよ。柳司兄さんの奥さんと子どもは前日にお見舞いに行ったらしいんだけど、兄さんだけ行けなかったから、その日私と一緒に行ったの。お昼の一時過ぎくらいだったかな」

「桐継さんはどんな様子でしたか？」

「別に、前会ったときより弱ってたとか苦しそうだったとか、そんなことはなかったわよ。あれをとってくれとか、これをしてくれとか、いつもより色々言われたかな。兄さんとも帰り道、父さんちょっと穏やかになったね、って話してて」

それが突然、その日の夕方に亡くなったのだ。

桜子は途中まで話して一度言葉を切り、腕を組んでうつむいた。

「もっと頻繁に会いに行くようにしようって、そのとき思ったのよ。病気のせいで心細くなってるのかなって、だから今日はちょっと優しかったのかなって、そう思ったから……お互い、昔より素直に話せるようになるかもしれないって、期待もした。それなのに」

唇を結び、少しの間黙る。

その目がうるんでいるのに気づいて、俺は目を逸らした。

「――一晩泊まって、楓とも話した？　変な子でしょ」

沈黙の後、ぱっと顔をあげて桜子が言う。もう、元の調子に戻っている。

「いつも、自分からはあまりしゃべらなくて、無表情だったり仏頂面だったり……大人に何か注意されたら、何だかこっちがたじろぐようなことを言うの。不良ってわけでもないし、でも、何かちょっと怖いような……反抗期まっただ中の悠真のほうがよっぽどわかりやすいわ」

話しているうちに色々と当時のことを思い出したのか、どんどん桜子の眉根が寄った。

「はあ、まあ……変わってはいますね」

叔母と甥だけあって、眉間にしわの寄ったその表情は、少し楓に似ている、と思ったが、口には出さないでおく。

俺が鑑定士ではないと、楓に早々に見抜かれてしまったことも、桜子が知ったら怒りそうなので黙っておくことにした。諸々を楓に知られてしまった後も調査を続けることはできているので、さしあたって問題は生じていない。物的証拠が何も見つからず、最悪、本人の「自白」に頼るしかないかもしれないことを考えたら、楓と話ができる関係になっておくのは、むしろ依頼人の利益にもなるはずだ。

「でも、桐継さんとの仲は悪くなかったようです。彼と直接、桐継さんの話はしていませんけど」

俺が言うと、桜子は、わかってるわよ、と不機嫌そうに吐き捨てる。

「あの子が一番、父に近かったのは間違いない。でも、お通夜でもお葬式でも、楓はいつもどおりだった。その後も。皆が呆然としたり、泣いていたりする中で、あの子だけが」

エントランスのガラスドアが開いて、宅配便の配達員が入ってきた。

こんにちはー、と挨拶をされたので、会釈を返す。

桜子は口をつぐみ、愛想のいい配達員がエレベーターに乗り込むのを待ってからまた口を開いた。

「父が亡くなった日、私や兄さんが駆けつけた後も、あの子は無表情だったけど、そのときは、悲しい気持ちを押し殺してるのかと思ってた。顔色もよくなかったし……しっかりしなきゃって、自分を律してるのかなって。楓はまだ中学生なのに、そんな風に思うのは変かもしれないけど、ああいう子だもの。でも、お葬式の間も、終わってからも、あの子全然悲しむそぶりを見せなくて、あの家にひとりになったのに、平気な顔をしてるから……最初は腹が立って、次に何だか、怖くなってきて」

腕を組んだまま、ぼす、とロビーのソファに腰を下ろす。

「父の遺言が公開されて、楓に財産の大部分を譲るって内容だってわかったとき、ふっと思い出したの。父が亡くなった日の楓は、様子がおかしかった。今思えばあれは、緊張していたんじゃないか……あのとき楓は、何か隠していたんじゃないかって」

夫に話しても相手にされなかったけどね、と彼女は、唇の端をあげて冷やかに付け足した。

「楓は極端に自分に有利な内容の遺言を聞いても、動じていなかったわ。父が自分を後継者にしようとしてたことは気づいてただろうから、予想してたのかもしれないけど……それも、私には疑わしく見えた。考えすぎかもしれないとは思ってるのよ。でも、どうしても引っかかるの」

最初は、何も見つからなかったとき、桜子をどう納得させたらいいのかと考えていた。今は、父親が身内に殺されたなんて調査結果を、依頼者である彼女自身も望んでいるわけではないとわかっている。彼女は、もしそうだったら許せないと考えているだけだ。違うのなら違うと報告すれば、納得して、安心してくれたかもしれない。

しかし今は、他殺かもしれないと、俺自身が疑い始めている。

疑わしいが、証拠がない。それは一番、彼女にとって辛い報告だ。そんな結果で終わらないように、決意を込めて宣言する。

「調べます。できる限り」

桜子は座ったまま目線をあげ、少し表情を和らげたようだった。

桐継の部屋で視たもののことは、彼女には言えない。

現時点で報告できることは、何もないのだ。

＊

「また来たのか。何がそんなに気になるんだ」

呆れた様子の菅井医師に、すみませんと頭を下げる。

今日は、踏み込んだことを訊かなければならない。彼は桐継の主治医というだけでなく友人でもあったそうだから、怒らせてしまうかもしれないし、間違いなく怪しまれる。これが彼に話を聞く最後のチャンスだと思ったほうがよさそうだ。

「何点か確認したいことがあって。ええと、まず……羽澄桐継さんに、睡眠薬を処方していましたか？」

「ああ、処方したよ。いつもベッドの上にいて、夜眠れないと言うから」

「ブロチゾラムですか？」

菅井医師が頷く。これで睡眠薬の出所はわかった。

食べ物に混ぜるなどして数日分を一度に飲ませれば、桐継を深く眠らせ、その隣で点滴に細工をすることは容易だったはずだ。

「前にもお訊きしましたが、羽澄桐継さんの遺体に不審な点は何もなかったんですか？　よく思い出してください。小さなことでも……たとえば、いつもと違う薬液を注入された場合、見てわかる部分に変化は出るものなんですか」

二つ目の質問は慎重に、しかし覚悟を決めて訊いた。

点滴の針が常時刺さった状態だったなら、別の注射痕が残るようなことはされていないだろう。輸液バッグの中身だけ変えればいい話だ。しかし、体内に異物が入れば、嘔吐や皮膚の色の変化など、それに伴う症状が出るのではないか。

物騒な質問に菅井医師は眉を寄せたが、「あんたも仕事なら仕方ないか」と、一つ息を吐《つ》いてから答えてくれた。

「毒物なんか注射されたら、いくら病人でも暴れるだろう。針がずれた形跡はなかったし、苦しんだ様子もない、穏やかな顔だったよ」

「塩化カリウムなら、どうですか」

菅井医師は、どういう意味だ、というようにこちらを見る。

「塩化カリウムで、患者を安楽死させた事件があったそうです。塩化カリウムを注入されたら、安らかに死んで……暴れた跡も残らないんじゃないですか」

「打たれたことがないから知らんよ。けどまあ強制的に心停止させるわけだから、苦しくないことはないだろう」

菅井医師は、明らかに不機嫌になった。

じろりと睨《にら》まれて怯《ひる》みそうになるが、ここで引きさがっては意味がない。

「アメリカでは、死刑執行にも使われてるって読みました。暴れることもなく死亡するって」

「それは、弛緩剤と麻酔で意識を失わせてから注射しているからだよ」

ヴィジョンの中にあった睡眠薬――ブロチゾラムの空シートが頭に浮かんだ。

「それは……たとえば、睡眠薬を大量に摂取してからの注射なら、眠るように死ぬってことですか」

「だから何の話だね」

苛立たしげに、菅井医師が鼻を鳴らす。

「もう帰ってくれ。この後患者が来るんだ」

「もう少しだけ、お願いします。点滴のバッグや注射針などの医療器具は、回収したんですか。桐継さんが亡くなった後」

「家族が処分しただろう。私が行ったときにはもう片づけられていたよ。注射針以外は、燃えるゴミに出せば終わりだ」

羽澄邸には、医療器具は残っていなかった。

やはり、物的証拠を見つけ出すのは望み薄か。

落胆しかけたが、まだ望みがまったくないわけではないと思い直す。菅井医師の言うとおり、注射針はそう簡単に捨てられるものではない。処理に特別な手続きが必要なら、まだ羽澄邸のどこかに置いてあるかもしれない。

しかし、針がまだ処分されていないとして、そこから塩化カリウムが検出される可能性は、ごくわずかだった。

「何を疑っているんだか知らんが、安楽死なんてものは、治る見込みがないだけじゃなく、それ以上生きていても苦しいばかりの病人を楽にするための手段だ。桐継はまだまだしっかりしとったよ。看病する側が安楽死を考えるような状態じゃあなかった」

菅井医師が言う。

しかしそれは、裏を返せば、これから何年介護が必要な状態が続くかわからなかったということだ。

実際に同居していたのは楓で、世話をしていたのは小池や看護師だが、彼らのほかにも動機のある人間がいないとは限らない。長く介護の必要な状況が続けば、どんどん医療費で財産が目減りしてしまうと、金に困っている相続人なら考えたかもしれない。

桐継に対して恨みはなくても、早いうちにと——たとえば、桜子と一緒に見舞いに来ていた柳司や、その前日に訪れたというその妻が、何らかの事情で金に困っていたとしたら。

「ベッドから起き上がれなくなってからも、将棋を指していたくらいですもんね。楓くんとも、指すことがあったみたいです」

「ああ。桐継はいつも、孫に見苦しい姿は見せられないと言っていた。いつまで孫の目標でいられるかとな。体を壊す前から……あいつは体より、頭のほうが衰えることを恐れていた」

「桐継さん、脳にも症状が出ていたんですか？」

「年齢を考えれば自然なことだ」

菅井医師は静かに言った。

穏やかな表情に戻り、目を伏せてしみじみと淋しげに。

「それでも、そこらの若い者には負けないくらいしっかりしとったよ。急にあんなことになって、私も残念だ」

友人の死を悼む言葉には、頭を垂れるしかない。

俺が無言でうつむくと、菅井医師はゆっくりと顔をあげ、窓の外へ目を向けた。

「しかし、これでよかったのかもしれん。少しずつ弱って、昔の元気な姿を忘れられていくよりも……誰もが、桐継が桐継らしかった頃の姿だけを覚えていられる」

＊

幸い、小池はまだ羽澄邸にいた。

掃除をしていたのと、夕食の仕込みに時間がかかって、いつもより帰るのが遅くなったのだという。

俺が忘れ物をしたと伝えると、あっさりと家にあげてくれる。

できるだけ何気ない風を装って、点滴に使った器具はどうしたのかと尋ねたら、予想していたとおり、桐継の死後すぐに処分したと返された。

「医療器具も、財産の一部になるんですか？」

「あっ、いえ、注射針とかどうやって処分するのかなって、単純な興味です」

とっさの言い訳を、小池は信じたようだ。

ああ、と頷いて、

「針は二丁目のすずらん薬局さんに持っていくと回収してくれるんですよ」

まったく疑う様子もなく教えてくれる。

「ほとんど楓さんがしてくれたんです。旦那さまが亡くなった日、自分だって悲しかったでしょうに、動転していた私のかわりに、率先して片づけをしてくれて」

「……へえ、本当に、しっかりしてますね」

急いで証拠隠滅を図ったように聞こえてしまうのは、俺があのヴィジョンを視たからだ。先入観がなければ、俺だって、彼女と同じように思っただろう。

（二丁目のすずらん薬局……）

一か月前に持ち込まれた針なら、もう残っていないだろうが、ダメでもともとだ。後で行ってみよう。

「桐継さんが亡くなったとき、小池さんは、この家にいたんですか？」

「いいえ、私が夕食を作りに来るより少し早く、楓さんが帰宅されて……亡くなられているのを見つけたそうです。その日は桜子さんたちがお見舞いにいらして、三時頃に帰られるのを見送ってから家を出ましたけど、そのときはまだ……」

小池が家を出たときは、桐継は生きていた。その後、楓が帰宅するまでの間に病死したということになっているが、発見したとき楓は家に一人だった。桐継と二人、と言うべきか。いずれにしろ、「帰宅したらもう死んでいた」という楓の証言が正しいのかどうか、確かめようがない。

その状況だけ聞けば、他殺だとした場合、やはり一番疑わしいのは楓だ。

「小池さんが最後に会ったとき、桐継さんはどんな様子でしたか」

「眠ってらっしゃいました。桜子さんたちと色々話して、疲れたのかもしれません。そう思って、起こさないでおきました。点滴の準備はできていましたから、クランメを開いて、いつもの時間に点滴を始めて……声をかけずに家を出たんです」

　それが最後になってしまうなんて、と小池はしんみりと言って下を向く。

「クランメ？」

「あ、聞き慣れないですよね。チューブを圧迫して注入量を調節する部品です。それを開くと、点滴の輸液が落ち始めるんです」

　もしその時点で、輸液の中にすでに塩化カリウムが入っていたとしたら、そのクランメが時限装置になっていたということだ。事前に輸液バッグに細工をしておけば、誰かがそれをセットし点滴を開始するだけで、犯人はその場にいなくても、桐継を殺すことができる。

　そうなると、話はまた違ってくる。

　楓が登校前に輸液バッグの中身を入れ替えることが可能だったように、小池にも、当日見舞いに来ていた桜子や柳司にも、そのチャンスはあった。いくつかストックがあっただろう輸液バッグのどれかに塩化カリウムを入れればよかったのだから、前日見舞いに来たという柳司の妻や息子にだってできただろう。これでは、容疑者を絞り込めない。

　しかし、小池が家を出るときに羽澄桐継が眠っていたのが睡眠薬のせいだったとすると、日中学校に行っていた楓には、桐継にそれを飲ませることはできない。容疑から外れるのではないか。

　それができたのは、昼間、見舞いに来ていた桜子や柳司のほうだ。

　しかし、小池の言うとおり、桐継はただ疲れて眠っていただけかもしれない。その時点で睡眠薬を飲まされていたという確証はない。

せっかく小池から当日の話を聞けたのに、結局、一歩も進めていない。

「私は台所にいますから、何かあったら声をかけてくださいね」

小池は愛想よく言うと、台所へと入っていった。

彼女は楓をまるで疑っていない。そもそも、桐継の死に不審な点があったと思っていないのだ。だからこうして、俺に対しても無防備に、色々と話してくれる。

関係者の中で、桐継の死に疑惑を持っているのは桜子だけだ。その桜子にしても、楓を怪しいと思う根拠は漠然としたもので、これでは警察どころか、家族を説得することもできないだろう。

もし本当に楓が何かしたとして、証拠がない以上自白を引き出すしかないが、証拠もないのに犯行を自白させることができるだろうか。

楓が犯人ではないとすると――シンプルに考えれば、塩化カリウムや睡眠薬のことを言わないのは、誰かをかばっているということになる。しかし、亡くなったのは、彼に目をかけていた実の祖父だ。その祖父を殺したかもしれない相手を、楓がかばうだろうか？

小池が台所で、何かしている音が聞こえてくる。

もうほぼ用は済んでしまったが、忘れ物を探すふりだけでもしなくてはならない。

ふと楓の部屋のドアが目に入った。

前回、桜子が調べていたから、あからさまに部屋に不似合いなものがあれば彼女が気づいただろうし、楓が自室に証拠になるものを置いているとも思えない。

しかし、覗いてみたい衝動にかられた。

罪悪感は感じるが、楓が何を考えているのか、そのヒントだけでも得られるかもしれない。

小池に気づかれないようそっと、音をたてずにドアを開けて、部屋に入った。

部屋はきちんと片づいている。

おそらく、もとは和室だったのだろうが、布団ではなくベッドが置いてあった。

紺色のベッドカバーとカーテンが掛かっている。左手の壁に向かって勉強机があり、窓のそばには将棋盤がある。ゲーム機の類は見当たらない。一般的な男子中学生の部屋という感じではないが、楓らしくはあった。

机の横、ベッドと反対側の壁際にある本棚には、推理小説や参考書に交じって、将棋の本や、株や経営に関する本が並んでいる。ラインナップを見る限り、祖父の影響を受けているようだ。

桐継は、いずれ楓を自分の後継者にと考えていたという。楓もそれを感じて、受け入れていたということだろうか。

想像するしかなかったが、話した感じから、楓は祖父を嫌ってはいなかった――むしろ、尊敬し、慕っていたように思える。殺したいほど憎んでいたとは到底思えないし、財産目当てに殺したとも思えない。

しかし、楓が犯人でないのなら、塩化カリウムの容器を見つけた楓が、何故何も言わずにいるのかがわからなかった。

楓は祖父を嫌っていなかったはずだとか、人を殺して平気でいるような少年ではないはずだというのは、あくまで俺の印象だ。

一方で、塩化カリウムや睡眠薬の存在を楓が隠しているというのは――立証はできないが――事実だ。

そして、祖父の死にかかわる重大な事柄について隠蔽するということは、それが明らかになれば困るような、やましいことがあるからだと考えるのが、論理的な思考だった。

睡眠薬のことは気になるし、動機もはっきりしないが、それでも楓は今も、容疑者リストのトップにいる。

そもそも、犯人が楓であるという証拠をつかんでほしいというのが桜子からの依頼だ。

憧れた推理小説の名探偵たちは、「彼は悪い人間だとは思えないから、犯人じゃないだろう」なんて感情に任せた推理はしない。

それでもやはり、楓でなければいいと思ってしまう。

朽木に言ったら呆れられそうだった。

調査に手を抜くつもりは毛頭ないし、証拠が見つかればもちろん、桜子や朽木に報告する。

しかし、あんな子どもがただ一人の家族を殺したなんて、そんな悲しいことが、現実であってほしくない。

もしも本当にそうなら、せめて、理由が知りたかった。

＊

すずらん調剤薬局を訪ねると、折悪く店長は休みだったが、白衣を着た若い女性の薬剤師が親切に対応してくれた。

「回収済の注射針ですか。専用の容器に入れて持ってきていただいたものを受け取っていますけど、その容器をどれくらいのペースで処分に回しているかは、ちょっと私にはわかりません。確認しておきましょうか」

でも、一か月前だったら、もう処理センターに出しちゃってるかもしれません、と申し訳なさそうに言われる。もちろん覚悟していた。ダメでもともと、念のための確認なので、と慌てて言った。

「よろしくお願いします。それで、もし先月に回収した分がまだ処分されていなかったら、処分を待っていただきたいんです。お手数ですがこの番号に連絡をいただけますか」

可能性は低いだろうと思ったが、名刺を渡しておく。

探偵事務所の名前入りの名刺を、彼女は興味深そうに見ていた。

「それと、ここ一か月くらいの間に、中学生くらいの男の子が注射針を持ってきたことはありませんでしたか」

「うーん、私は覚えてないですね。でも、私も毎日いるわけではないので……明日は店長がいるので、それも訊いておきます」

使用済注射針を楓がここに持ち込んだかどうか、念のため確認するつもりで写真を持ってきたのだが、無駄になってしまったようだ。まあ、それ自体は、楓本人に訊けばいい話だ。事件の核心に触れないことなら、話してくれるだろう。桐継が他殺だろうが病死だろうが、どのみち処分する針だったのだから、針を薬局へ持ち込んだのが誰かということは、それほど重要ではない。

何気なく、店内を見回した。

すずらん調剤薬局、と水色の文字で書かれたガラスのドアには、「使用済注射針回収薬局」のステッカーが貼ってある。

平日の日中だからかもしれないが、客は一人もいなかった。それで彼女も、突然訪ねた俺の相手をしてくれたのかもしれない。

どこの駅前にもあるようなチェーンのドラッグストアと違い、派手なポップはないが、棚には市販の薬のほかに、箱やパウチに入った健康食品や栄養補助食品が並べられている。

減塩しお、と書いてあるパッケージを見て思い出した。塩化カリウムを減塩調味料として、食塩の代用品に使うこともあると、インターネットに書いてあった。

薬剤師の女性に、塩化カリウムの取り扱いはないのかと訊いてみたら、

「粉末も錠剤も、うちには在庫がないですね。取り寄せはできますけど」

案の定の答えだった。

塩化カリウムは医療用だけでなく、肥料がわりに使われたりもするので、ホームセンターに行ったほうが手に入るかもしれない。通信販売でも買える、というか、むしろそのほうが一般的なようだから、桐継の部屋にあったものを購入した人物を聞き込みから特定するのは難しいだろうとも思っていた。

期待していなかったので、失望もない。

そうですか、と引きさがろうとしたら、

「一か月くらい前に同じことを訊かれましたよ、高校生くらいの男の子に。テレビで何かやったりしたんですか？」

予想外のことを言われて、思わずカウンターに手をついて身を乗り出した。

「塩化カリウムを買いに来たんですか。高校生くらいの男の子が？」

「あ、中学生かもしれません。そういえば制服が、このあたりでよく見かける中学校のものだったような」

「顔を見たらわかりますか」

「ええ、たぶん」

急いで桜子に借りた写真を取り出し、カウンターの上に置いて見せる。

薬剤師の女性は一目見て頷いた。

「ああ、この子です。通販のほうが早そうだからいいって、結局うちでは買わなかったんですけど」

間違いないです。そう言って、爪を短く切りそろえた指先で彼女が指したのは、楓ではなく、端に写った、もう一人の少年のほうだった。

桐継の次男、柳司の息子――羽澄悠真。

予想外の答えに、一瞬思考が止まる。

まったくノーマークだった。初めて写真の彼に注目する。

その直後、ふと違和感のようなものを覚えた。

これまであまり気にしていなかったが、どこかで見たような顔だ。

背が高く体格がいいので、彼女が高校生だと思っていたのも頷ける――そう思ったところで、気がついた。中学校の裏庭で楓に絡んでいた、あの男子生徒だ。従兄弟だったのか。

悠真が塩化カリウムを買いに来た？――結局この店では買えなかったようだが、買おうとしていた。

もしや、ヴィジョンの中で視た、ベッドのそばに立っていた制服姿の少年は、楓ではなく彼だったのか？　いや、あれは楓だった。顔まではっきり視えたのだ。

楓が塩化カリウムの容器を手にしていたことは間違いない。

ということは――どういうことだ。

悠真が買って、楓に渡した？　まさか、共犯？　いや、そもそもの前提として、楓が犯人だという決定的なヴィジョンが視えたわけではない。

思ってもみなかった新情報を、どう解釈すればいいのかわからなくて混乱する。

薬剤師の女性が怪訝そうに俺を見ているのに気づいて、慌てて顔をあげ取り繕った。笑顔で礼を言って、薬局を出る。

この後どこへ行けばいいのか決めかねて、とりあえず事務所の方向へと歩き出しながら考えた。

塩化カリウムを買ったのは、羽澄悠真だった。

確認できたのはそこまでだが、もしも悠真が、輸液バッグに塩化カリウムを入れたのだとしたら——楓が塩化カリウムの容器を見ていたあのヴィジョンは、どういう意味になるだろう。楓は容器を見つけて、祖父の身に起きたことに気がついたのだろうか。その犯人が悠真であることにも？　従兄弟をかばうために、口をつぐんでいるのだろうか。

しかし、悠真もまた、中学生だ。金銭目的での殺人というのは考えにくい。それに、桐継の相続人は悠真の父で、悠真自身は相続人ではない。

同じ孫なのに、桐継が楓だけに遺産を残したことが許せなかった？　だからといって殺すだろうか。第一、桐継の死後、遺言が公開されるまで、それが楓を優遇する内容になっていることはわからなかったはずだ。

遺言のことは別にしても、桐継は普段から楓を特別気に入っていたふしがあり、桜子だけでなく悠真にも、思うところがあったのかもしれない。しかし、それで桐継を——もう長くはないと皆がわかっていた、これから先弱っていくだけの老人を、わざわざ殺すほど憎むとは考えにくい。

もちろん、何か、俺には想像もつかないような動機があったのかもしれない。しかしそれは、犯人が楓でも悠真でも、他の誰でも同じことだ。

しかし、短い期間調べた限りでは、桐継は、厳しくはあっても慕われ、尊敬されていて、身内に殺されるほど憎まれるような人間ではないというのが、俺の受けた印象だった。

動機など、究極的には、人の心の中にしかないものだ。調べようもない部分もあるし、疑わしい事柄が出てきたとしても、証拠がなければ何ができるわけでもない。だから桜子も「証拠を」と言っているのだ。

俺も、動機ばかりを気にしていてはいけないとわかっているのだが、どうしても何かが引っかかる。動機こそが、桐継の死の真相の核となる気がしていた。

たった一人の家族を殺す、動機。理由。

考えを巡らせているうちに、ふと「塩化カリウム　安楽死」という検索ワードが浮かぶ。

「塩化カリウム　注射」と並んで、検索バーに予測変換で表示されたワードだ。

そうだ、睡眠薬や麻酔で意識を失わせてから塩化カリウム溶液を点滴するというのは、まさに、安楽死に使われるのと同じ方法だ。

菅井医師も言っていたとおり、ベッドから起き上がれない人間でも、死に至る薬物を注入されれば、苦しんで暴れるはずだ。睡眠薬は単に、暴れられるのを防ぎ、静かに死なせるため、つまりは成功率を上げるためのものくらいに思っていたけれど——それがむしろ、安らかに死ねるようにという、桐継への配慮だったとしたら。

それは、憎くてたまらない相手を殺すための方法ではない。

（少しずつ弱りながら、このまま何年も生きられるかもしれない、という不安な状況で）

（昔の姿を忘れられていくより……）

小池や、菅井の言っていた言葉が甦《よみがえ》る。

桐継は、皆に尊敬される存在だった。病気になってからも、それは変わらなかっただろう。

しかし、本人がどんなに気丈にふるまっていても、病気の進行は誰にも止められない。

人を殺す動機は、金や、憎しみだけではない。

*

薬局からそのまま中学校へ直行し、休憩時間が終わるぎりぎりに裏庭に飛び込む。

思ったとおり、そこに楓はいた。本を閉じて立ち上がった彼に、二人で話したいと伝える。

何の話か、楓にも想像はついたのだろう。

「放課後、校内の人が減ってからなら」と、彼に指定されたのは学校の屋上だった。

男子生徒の飛び降りの件で楓に助言をもらった後、俺が上がってみたときは、鍵がかかっていた。飛び降りがあったのだから、考えてみれば当たり前だ。その日はタイミングが悪いことに校長が市の式典に出かけた後で、鍵を借りることができなかったので、俺が屋上に足を踏み入れるのはこれが初めてだ。

楓は先に来ていて、柵にもたれて本を読んでいた。

「来月ここに、高さ二メートルの新しい金網を張るんだって。眺めがよくて気に入ってたのに」

本に視線を向けたまま、口を開く。

「無意味だし、無粋だ。そう思わない？」

楓から少し離れたところに、楓と変わらない大きさの、ぼやけた輪郭が視えた。

楓の言ったとおりだった。飛び降りた生徒の霊は、この場所に心を残しているようだ。

「どうしてここに……」

「学校は鍵の管理が甘いんだ。飛び降りがあったばかりなのに」

「そうじゃなくて、どうしてここを指定したのかって訊こうとしたんだ」

「二人で話をしたいって、あなたが言ったんだ。ここなら人が来ない。それに……あなたの理屈だと、自殺した生徒の霊はここにいるんだろ」

楓は本から顔をあげ、やっとこちらを見る。

「死ぬってどんな気持ちか、訊きたいと思って」

楓が本当に知りたいのは、ここから飛び降りた生徒の気持ちではないだろう。

俺が、霊が視えると言ったとき、楓はすぐには信じなかったが、嘘だと断定もしなかった。

そのうえで、俺を遠ざけるのではなく、家にあげてくれた。

俺が桐継の霊から情報を得て真相に気づいても、警察に見せられるような証拠がなければ何もできないと、わかっていたのかもしれないが、だからと言って、彼が俺の調査を受け入れる必要なんてなかった。拒否することは簡単だったはずだ。

知らないところで嗅ぎまわられるよりいいと言っていたが、それだけではないだろう。

楓は、俺の話が本当かもしれないと——本当ならいいと思ったのではないか。あのとき。

彼は、もういない祖父に、言いたいことがあったのかもしれない。

そう思ったが、

「声は聞こえないんだ」

それだけ伝える。

「……そう」

楓は少しだけ残念そうに言った。最初から、さほど期待はしていなかった風だが、本心はわからない。

彼は視線を再び、本に戻す。

「話って何」

ここからが核心だ。

息を吸って、ゆっくりと吐く。

疑問も迷いもあるし、つきつけることのできる証拠は何もない。

それでも、もう、向き合うしかないのだ。

本当のことを知っているのは、楓だけだった。

「おまえのじいさん……羽澄桐継さんは、病死じゃない」

正面から楓に向き合って、告げる。

「あの日、桐継さんの点滴には、塩化カリウム溶液が入れられていた。桐継さんは睡眠薬で意識を失って、眠りながら亡くなった」

「見てきたようなことを言うね」

祖父の死に不審な点があるという話をしているのに、楓は顔色一つ変えない。

塩化カリウムや睡眠薬という単語を聞いても動揺せず、塩化カリウムが何かも訊かない。

その反応こそが、彼が全てを知っているということを裏付けていた。

「違うか？」

「どうして僕に訊くの」

「視えたんだ。桐継さんの部屋に、大量の睡眠薬と、塩化カリウムの容器があった。おまえも見ただろう。それから、誰かが塩化カリウムを、加湿器用の精製水に溶かした」

中学生相手に情けない話だが、自分に、彼と駆け引きができるとは思っていない。

だから、正面からぶつかるしかなかった。

「使用済みの点滴の器具と一緒に、塩化カリウムの容器や睡眠薬のシートを捨てたのは、おまえだろう」

楓は、へえ、というように少し首をかしげ、唇の端をあげる。どこか、おもしろがるような表情で本を閉じ、体の横に下ろす。

「本当だったんだ。どういう原理で視えるのかな」

余裕のある笑みは、けれど意図的に作ったものに見えた。人によってはその態度を、挑発的だと感じるかもしれない。

しかし、俺はむしろ安心した。こちらを試すような言動は、つまり、話をする気がないわけではないということだ。

何も言わずに立ち去ることもできるのに、そうはせず、こちらがどこまで知っているのか、何を考えているのか、探っている。

「捨てたことは認めるんだな」

「ゴミを捨てたのが悪い？」

「どういう理由で捨てたかによる」

「ゴミを捨てるのに理由なんてないよ。僕は、頼まれたとおりにしただけだ」

楓は平然と、悪びれもせずに言う。

「祖父はきれい好きだったからね。自分が死んだ後は、弔問客が来る前に汚れたシーツや器具を捨てて、きちんとするようにって言われてたんだ。戸棚の中のものも処分してくれって。以前からね」

「何も知らなかったら、睡眠薬や塩化カリウムを見つけたら不審に思うはずだ。でもおまえは、黙って捨てた」

楓は少し不機嫌そうに俺を見た。

「俺は、視えたものを信じるしかない。あの部屋で塩化カリウムの水溶液が作られたこと、あの部屋に睡眠薬があったこと、桐継さんの容体が急変して亡くなったこと。それから、おまえが、塩化カリウムや睡眠薬のシートを誰にも言わずに処分したことを」

何も知らない人間のとる行動ではない。

その事実だけでも、楓が無関係でないことはわかっている。しかし、彼が犯人だとしてもそうでないとしても、わからないことがあった。

「おまえが桐継さんを好きだったのはわかってる。だから、おまえが何かしたなんて信じられなかった。そんな理由もないと思ってた。でも、それが桐継さんのためだったなら、話は別だ」

柵の前に立つ楓に近づいて、向き合う。

楓は目を逸らさなかった。

「弱っていくのを、見ていられなかったのか。桐継さんを楽にしてやりたくて、おまえが」

口の中が乾いていた。

舌がもつれそうになり、一度口を閉じてから、ゆっくり、核心の質問を彼に投げかける。

「おまえがやったのか?」

見つめ合ったまま沈黙が落ちる。

楓が、ふっと息を吐いた。

「――視えるのは本当みたいだけど」

後ろの柵に少しもたれて軽く腕を組み、

「推理は全然ダメだね」

目を細めて言った。呆れたように。

え、と間抜けな声が漏れた。

「おまえじゃ、ない……？　のか」

「何それ、どういう探偵なの。自分で推理しなよ」

浮かべた笑みは嘲笑《ちょうしょう》に近い。

「手がかりは何もなくて、視えたのもそれだけなんだろ。僕が何を言ったって、本当か嘘かなんてわからない。僕じゃないって言ったら信じるの？」

「おまえじゃないのか」

「だから、」

「仮の話はやめて、ちゃんと言ってくれ。おまえの口から聞きたくて来たんだ」

強く言うと、楓は口をつぐみ、少しの間迷うように黙っていたが、やがてわずかに視線を右下へとずらし、

「……僕じゃないよ」

短く答えた。

ほっと肩の力が抜ける。

「そうか。……よかった」

楓が、殺人者でなくてよかった。

桐継が、一番目をかけていた孫に殺されたのでなくてよかった。

息を吐き、思わず笑顔になった。

楓は、驚いた顔で俺を見ている。

「あっ、いや、誰が犯人だったって、よくはないんだけども！」

慌てて手を振り、訂正した。

犯人でないのなら、楓は被害者遺族だ。よかった、という発言は不適切だった。

それに、彼が犯人でなくても、まず間違いなく身内の犯行であることに変わりはない。

「おまえじゃなきゃいいって思ってた。信じるよ。だから教えてくれ。考えたけど、わからなかったんだ」

楓はじっと俺を見て、変な人だね、と言った。

前にも言われたな、と苦笑する。

しかし拒絶はされなかったので、質問を続けることにした。

「誰かが塩化カリウムを精製水に溶かしてるのが視えたけど、それが誰なのかはわからなかった。ただ一つ確かなのは、おまえがあの部屋で塩化カリウムの容器を見ているってことだ。そのうえで黙っていたってことは、おまえは犯人を知っているんじゃないか、と思った。おまえ自身が犯人なのか、誰かをかばってるのかはわからなかったけど」

桐継は病死ではないと、楓も知っていた。犯人が誰かまで知っていたかどうかは、ヴィジョンからは読み取れないが、想像くらいはついていたはずだ。

そうでなければ、彼が塩化カリウムのことを黙っていた理由がない。

その犯人は、楓にとって、かばう理由のある人間だったと考えるしかない。

「俺は視えるだけなんだ。そのときおまえが何を考えてたか、どういう気持ちだったかまではわからない。おまえに訊くしかないんだ。おまえがやったんじゃないんなら——誰が桐継さんの点滴に塩化カリウムを入れたのか、おまえは知ってるのか？」

楓は黙っている。

視線を左手の柵のほうへと向け、口を結んで。

「楓」

「誰がなんて、今さら意味がないよ」

俺を見ないままで言った。

病死だ、とは言わない。俺は確信した。やはり、楓は犯人を知っている。

何かヒントはないかと、桐継の部屋で視たもののことを、一つずつ思い出す。

輸液バッグをセットする手が、頭に浮かんだ。

薄い色だがマニキュアをしていた、ような。

「点滴のバッグをセットした手、あれは、女の人だった……」

楓が、目だけちらりと、こちらへ向ける。

最初に浮かんだのは、小池の顔だった。

塩化カリウム入りの点滴のチューブを開いたのも、彼女だ。彼女自身が、そう証言していた。

桐継と二人きりになることも多かった彼女になら、犯行は可能だ。

しかし、動機は？　それに、どんなにいい家政婦でも、家族を殺されたら、楓がかばうとは思えない。

次に桜子の顔が浮かぶ。

そうだ、最後の日に点滴を用意したのは、見舞いに来た桜子だったと小池は言っていた。桜子もそう話していた。であれば、ヴィジョンで視たあの手は、桜子のものだったと考えるべきだろう。

しかし、桜子は桐継と同居していなかった。外から塩化カリウムを容器ごと持ち込んで、点滴に入れることができるだろうか？

楓が見つけたのだから、容器はあの部屋にあったのだ。

桜子や他の見舞い客が犯人で、塩化カリウムをあの部屋へ持ち込んだなら、空の容器は犯行後、当然持ち出したはずだ。

当日桜子と一緒に来たという柳司も、前日に見舞いに来ていたという柳司の妻と息子の悠真も、同じ理由で、犯人とするには疑問が残る。

小池が犯人だとしても、楓が簡単に見つけられるところに容器を残しておくのはおかしい
――誰が犯人でも、おかしい。何故、自分で処分せず、楓が簡単に見つけられるようなところに、証拠を置いたままにしていたのか。

考え込む俺を、楓は無言で見ている。

誰かが塩化カリウム溶液を用意して、それを桜子が点滴のボールにセットし、小池がクラン

メを開いて、桐継は死んだ。

点滴に入れる目的で塩化カリウム溶液を作った人物が、犯人ということになる。

塩化カリウムの粉末を買ったのはおそらく悠真だろうが、溶液を作ったのも彼、ということにはならない。誰かに頼まれて買っただけかもしれないのだ。

溶液を作り輸液バッグに入れて、本物の点滴の輸液と入れ替えたのは、そうすることができたのは、誰だ？

（……あ、れ）

何かが引っかかる。

あんなに何度も思い起こしたヴィジョンの、決定的な不自然さに気がついた。

精製水のボトルに白い粉が溶けるところを、確かに視た。俺が視たあのヴィジョンは桐継が見た映像だ。つまり塩化カリウム溶液はあの部屋で、桐継の目の前で作られたことになる――ということは。

そのとき、桐継には意識があった。犯人は桐継の目の前で危険な溶液を作って、輸液バッグに入れたということだ。

こんな基本的なことに何故気づかなかったのかと、自分自身が情けなくなる。

（それを桐継さんは、黙って見ていたってことで――）

塩化カリウムの処分は、頼まれたとおりにしただけだと、楓は言った。最後の日、桐継は桜子や柳司に、いつもは小池や訪問看護師がするようなことを――点滴の準備を言いつけたと、小池や桜子は言っていた。

桐継は聡明な男だったが、治る見込みのない病気に冒されていた。そして、病気は脳にも影響を及ぼしつつあったと、菅井医師が——。

「……まさか」

点と点がつながる。

答えは最初から、自分の視たものの中にあった。

「犯人」が塩化カリウムを自分で処分しなかったのは、それができない理由があったからだ。

羽澄桐継を苦しみから解放し、彼の尊厳を守ることが目的だったとしたら、それを一番望んでいたのは。

楓がかばって、証拠隠滅にすら手を貸す相手がいるとしたら。

そのたった一人に思い当たって、愕然《がくぜん》と楓を見る。

「自殺……？」

楓はすぐには答えなかった。

しかしその表情はむしろ、先ほどまでより穏やかに見えた。

「……さあね」

楓は俺を見ようとはせず、目を伏せて言った。

「今さら調べようもないよ」

否定をしない、それがもう、肯定のようなものだった。

悠真に塩化カリウムを買わせたり、楓にそれを処分させたり——そんなことができたのは、桐継だけだ。彼の言うことなら、桜子も柳司も小池も、何でも聞いただろう。

桐継は、自殺のための準備すら、自分ではできない状態だった。誰かに手伝わせなければ。

「そうか、だから……最後の日、桐継さんは桜子さんに、点滴の準備をさせたって」

「点滴ラインと針を接続したのは、叔父さんだったそうだよ」

「聞いたのか」

「小池さんにね」

どうやら話を聞かせてもらえそうだ。

どこまで答えてくれるかはわからないが、聞きたいことは山ほどあった。

「塩化カリウムは、悠真くんに買いに行かせたんだな。桐継さんはベッドから下りられなかった。自分では用意できなかったから」

「そこまでわかっていたなら、悠真に訊けばよかったんだ。塩化カリウムを買っただろう、誰に頼まれたんだって。訊かれれば答えたはずだよ。悠真は塩化カリウムが何に使うものかなんて知らないで買ったんだから」

「あ、校舎の裏で揉めてたのって……」

「僕が、塩化カリウムを買っただろって訊くだけ訊いて、その理由を教えなかったからね。あれは何だったんだって、詰め寄られてたんだ」

あの様子では、詰め寄られても答えなかったのだろう。楓は誰にも、祖父の死の真相を話さなかった。

小池や悠真に確認して、裏付けをとって、たどりついた答えを自分ひとりで抱えていた。表情が和らいだように見えるのは、彼もほっとしたのかもしれない。

「精製水に塩化カリウムを溶かして水溶液を作ったのは」

「手は動いたから、自分でやったのかもしれないけど、見舞いに来た誰かに手伝わせたんじゃないかな。あの人は一族の中じゃ王様みたいなものだから、ちょっとくらい不審に思われても、断られることなんてない」

楓は柵にもたれかかり、息を吐いた。少し疲れた、というように。

風が吹いて、真っ黒な髪を乱した。

楓は億劫そうに、本を持っていないほうの手で前髪を直し、目を細める。

「点滴の針、刺したままだっただろ。いつも、液が全部落ちた後はカテーテルや針が詰まらないように、生理食塩液を入れてたんだ。皆知ってた。だから、塩化カリウム水溶液を生理食塩液だと言えば、輸液バッグを作るのを手伝わせることもできたはずだ。生理食塩液のバッグは寝室に置いてあったけど、それをどうやって準備しているのか知らない見舞い客もいただろうからね」

悠真は言われるまま塩化カリウムを購入し、桜子と柳司は何も気づかずに溶液のバッグをポールにセットして針につなぎ、小池は桐継が眠った後で、いつもどおりに点滴を開始した。皆が少しずつ手を貸したのだ。何も知らずに。

後は桐継が自分で、ためておいた睡眠薬を点滴が始まる前に飲めば、途中で目が覚めることもない。

ベッドの上から動けない病人が、家族や家政婦や見舞い客に少しずつ協力させて実行した――相談も同意もないままに、他人を利用した、自殺だ。

「皆に少しずつ加担させたのは、責任を分担させるためか？」

「バレない前提だったと思うけど、万一のときのことを考えての保険かな。それに、一人に全部やらせたら、さすがに不審に思われるだろうし」

「どうしてそこまでして……」

「自殺の動機ってこと？　それこそ僕が知るわけない」

唇の端をあげて、楓が言う。

「痛いとか辛いとか言わない人だったけど、治らない病気だったらしいから、苦しまず静かに逝きたかったのかなとは思うけど。主治医の先生があの人の友達で、これから言葉とか記憶に問題が出てくるかもしれないって話しているのを聞いたし」

話しながら、すぐに皮肉めいた笑みは消えた。

大人のような顔で楓は、風に吹かれている。

「これからどんどん弱っていく姿を見られるより、皆に尊敬された自分のまま、自分の決めたときに終わりたいって願ったんなら、理解はできるよ」

尊敬される立場だったからこそ、プライドもあっただろう。衰えていくさまを見せたくないと、そう思ったのかもしれない。

しかし、楓が冷静でいるのが、「理解できる」などと言えるのが、信じられない。

「勝手すぎるだろ！　家族に自殺の手伝いをさせるなんて、自分はそれでよくたって」

「たぶん誰も、自分が何をしたのか……何に加担させられたのか、気づいていないよ。何に使うのか知らずに塩化カリウムを買ったって、中身が何か知らずに点滴をセットしたって、罪にはならない。罪の意識もない」

確かにそうだ。

けれど、「誰も」何も知らないわけではない。

「おまえは気づいたんだろ」

楓の表情が変わった。

しかし、わずかに見開かれた目はすぐに逸らされ、

「気づいたのは、全部終わってからだよ」

楓は落ち着いた声で、ぽつりと言う。

「それだって、ただの想像だ。もう確かめようもないんだから」

その日、家を出る前に楓は、帰宅したら戸棚の中身を処分するようにと桐継に言われていた。他の誰かが部屋に入る前に、必ず処分してくれと。

帰宅し、物言わぬ祖父を前にして、楓は呆然としただろう。しかし、楓は祖父の言葉を守るため、ベッド脇の戸棚を開けたのだ。

俺が視た、容器を手にした楓のヴィジョンは、このときのものだろう。

戸棚の中の物を捨て、医療器具も処分しろと言われた意味に、そのとき楓は気づいたのだ。桐継が皆に何をさせたのか。自分は、皆が責任を負わないための、証拠隠滅を任されたということも――。

「仮にだけど」

楓が、声の調子をわずかに変えた。

「僕が、あの人の死が自然死じゃないかもしれないと気づいて、それを黙っていたとして、何か罪になるの？」

挑発するような口調ではなかったが、挑戦的な物言いだ。

どうせ罪には問えない、そう開き直っているかのように聞こえる。楓らしくない気がした。

「罪にならなくたって、おまえは知ってるんだろう。自分たちが何をさせられたか」

「選択肢なんてなかったよ。本人はもう死んだ後だ」

俺には、楓を責めるつもりはなかったのだが、楓はそう感じたのかもしれない。

口調が強くなった。

「あれは自殺だったなんて、今さら言って何になるの。悠真が塩化カリウムを買って、叔母さんと叔父さんが溶液入りの点滴を準備して訪問看護師が刺した針につないで、すみれさんがチューブを開いたんだって、それを皆に伝えて何になるの。自分が知らないうちに利用されて自殺の手伝いをさせられたとして、それを知りたいと思う？」

睨むような目を俺に向け、感情を押し殺したような声で、一息にまくしたてる。

「僕のしたことが正しいかどうかなんて、そんな話はしてないよ。選択肢はなかったって言ってるんだ」

「俺だって、そんな話はしていない」

俺も強い口調で言った。

「おまえだけが本当のことを知ってて、これからひとりで抱えていくのは辛いだろうって言ってるんだ」

何も知らずに片棒を担がされて、知らないままでいるのとはわけが違う。

桐継が死んで、真相を知っているのは楓ひとりだ。一番辛い役目を、桐継は中学生の孫に任せた。

（楓なら気づくと、わかっていたはずなのに）

準備は全て自分でできても、死んだ後のことは誰かに任せるしかない。病死だと思われていれば、点滴の器具を調べられる可能性は低いが、枕元に塩化カリウムの容器があれば、さすがに怪しまれる。それらを処分しないわけにはいかない。

だから楓を選んだ。楓なら、気づいても言わないと思ったから。

自分に似ていると評価していた楓になら任せられると、そう思ったのだとしても――中学生の孫に背負わせるには、重すぎる期待ではないのか。

楓は全部気づいて、それでも証拠を処分した。言われたとおりに。そして、誰にも、何も言わなかった。

それが信頼なのか。

「――僕は結局、一度もあの人に勝てなかったんだけど」

俺は顔をあげた。

「二か月くらい前かな。将棋を指し始めて、途中で、勝負がつく前にやめたことがあった。あの人、将棋の駒を動かせなくなったんだ。急に、わからなくなったみたいだった。次の手が決まらないって意味じゃない、将棋のルールとか、そういう根本的なところだよ。そんなことは一度きりだった。でも、あのとき僕は気づいたし、あの人もたぶん、僕が気づいたことに気づいてた」

楓が静かに、ゆっくりと話すのを、不思議な気持ちで見守る。

「それからしばらく、将棋は指さなかった。最後の日の前の夜、久しぶりに指したんだ。そのときは、あの人、しっかりしてたよ。いつもどおり強かった」

もう、自分の中では折り合いのついていることのように、怒りも不満もなく、ただ思い出を話す口調で、楓は続けた。

「まだ勝負はついてなかった。次の日に、続きを指すつもりだったんだ。僕はね」

「……楓」

「勝ち逃げされた気分だ」

そう言って、彼はまた視線を遠くにやる。

屋上に吹く風が長い前髪を散らして、表情があらわになった。

「でも、そのとおりだから仕方ない。そういう人だったよ」

どこか清々しいような横顔だった。

「迷惑だし、勝手な人だけど。最後を任せる相手に僕を選んだってことについては、悪い気はしないしね」

そんな大人みたいな顔するなよ、と言っても仕方のないことを言ってしまいそうになって、飲み込んだ。

こんな子どもが、受け取って、飲み込んで、それでも顔をあげているのに、自分がその袖を引くようなことはできない。

けれど、やるせなかった。

自分の思惑に気づくとわかっていて、それでも最後の後始末を任せることに意味があって——それは信頼の証だとか、それに応えるとか、思いを受け止めるとか、そんな風に、物わかりがよくなる必要なんてない。

子どもなのだから。

勝負を投げて、自分を置いて、逝ってしまって悲しいと——言っていいのに。

悲しんでいないわけがない。しかし楓は、それを人には見せないだろう。

自分には何もできない、どうしようもないとわかっている。

悔しくて悲しくて、鼻の奥がツンとしたのを、目を逸らし瞬きをしてごまかした。

楓は俺に向き直り、呆れた声で言う。

「どうしてあなたが泣くの」

「泣いてねえだろ」

「泣きそうな顔だよ」

楓が言うのを無視して、洟《はな》をすすった。

やはり、自分には理解できない。

自分だったら、たった一人残していく大事な人に、そんな残酷なことを頼めない。

けれど、たった一人残していかなければならないからこそ——桐継は、楓に伝えたかったのかもしれない。

信じていると。

おまえの強さを知っている、と。

「あなた、やっぱり変な人だね」

「……おまえに言われたくねーよ……」

ポケットからティッシュを出して洟をかんだ。

「それで、どうするの」

何が、と顔をあげた俺に、楓が試すような目を向ける。

「誰かに言う？　依頼主に、それとも警察に？　注射針は回収済みだけど、まだ焼却処分されていないかもしれない。警察が手を回せば、見つかるかもしれないね」

他人事のように言って、歩き出した。俺の横を通り過ぎ、金属製の扉に手をかける。

「どうするかは任せるよ」

黙っていてくれ、とは言わなかった。

本当に、どうなってもかまわないと思っているのか、それとも、俺がどうするか、わかっているのか。

答えも待たず、扉の前で一度だけ振り向いて、楓は屋上から出ていった。

＊

半袖の中学生たちが、次々と通り過ぎていく。

すっかり日が高くなり、下校時刻になってもそれなりに日は射していた。

校内に入る許可を得てはいるが、今日は調査が目的ではなく、緊急でもない。俺はおとなしく通学路の道端に立ち、楓が通りかかるのを待った。

桜子には、楓が桐継の死に関与したことを示す証拠は見つからなかった、と報告した。

嘘はついていない。全てを話してはいないだけだ。

そんなはずはない、とか、もっと調べてくれ、と言われるかと思っていたのだが、桜子は、そう、と言っただけで、すんなりと調査報告を受け入れた。

心なしか、ほっとしたような顔をしていた気がする。

前払いの調査費を半額返金すると申し出たのだが、不要だと返された。

朽木にだけは楓と話したことを全て報告したが、彼もまた、そうか、お疲れさん、と言っただけだった。

俺に対して言ったわけではないが、桐継さんらしいな、と呟いたのも聞こえたから、納得のいく結末だったのかもしれない。

楓が校門から出てくるのが見えた。

姿勢がよく、他の生徒たちがだらだらと歩いている中では目立つから、同じ制服姿でもすぐにわかる。

目が合い、彼もこちらに気づいたのがわかったので、近づいて右手を挙げた。

「よ」

楓はちらりと目をあげただけで、特に驚いた様子もなく言った。

「暇なんだね、探偵って」

「うるせ」

憎まれ口を叩きながらも、嫌な顔はされなかったので安堵する。

並んで歩き出し、数人で固まっている女子生徒たちを追い越した。

「注射針は、地区管理センターから特別管理産業廃棄物処理業者に引き渡されてた。もう焼却処分された後だった」

「それを言いにわざわざ来たの？」

「まあ一応、報告というか」

桐継がしたことの証拠は何も残っていなかったのを、楓も確認しておきたいかと思ったのだが、楓の反応は素っ気ない。

処理されるまでの期間を知っていたのかもしれないし、たとえ針がまだ残っていても、俺に今回のことを表沙汰にする気はないとわかっていたのかもしれない。

全てにおいて彼のほうが上手《うわて》で、大人としても探偵としても情けない限りだったが、不快ではなかった。

桐継の目を通した楓を、一度視ているからだろうか。彼が楓を可愛がっていた理由が、なんとなくわかるような気がしていた。

「ねえ、何で僕を信じたの」

しばらく歩いたところで、楓が言う。

「僕がやった証拠はないけど、やっていない証拠だってなかった」

単純に疑問なのだろう。

何と答えればいいのか、歩きながら考えた。

確信していたわけではないが、俺は楓が犯人だとは思えないと感じていたし、違ったらいいとずっと思っていた。

だから、本人の口から否定されたとき、ああ、やっぱりと、素直にそう思ったのだ。

しかしそれは、信じた理由にはならない気がする。

「おまえが、じいさんと仲良しだって知ってたからだよ」

「……ふうん」

楓はよくわかっていないようだったが、それ以上は訊いてこない。

俺も、それ以上は言わなかった。訊かれても、説明できるほどはっきりした理由があるわけではないのだ。

あのとき、ヴィジョンの最後で、将棋盤を挟んで正面に座る楓が視えた。

今よりも少し幼い姿の彼は、俺に見せるものより少し子どもっぽい表情をしていた。

桐継の目に、楓があんな風に映っていたのなら、桐継が孫を、後継者として以上に、祖父として愛していたことは明らかだった。

彼を見る桐継の顔も、窓ガラスに映っていた。穏やかな表情だった。

楓といるとき、桐継があんな顔をしていたのなら、楓も祖父を嫌っていたはずがない。

ただ漠然と、そう感じていた。

「それなのに、おまえが塩化カリウムのことを黙ってるのは、誰かをかばってるからじゃないかって思った。おまえがかばうとしたら誰だろうって、たとえば死んだと思われていた両親が生きていて、犯人であることを知ってしまったんじゃないかとか、実は色々考えてたんだ」

ドラマの観すぎだよ、と楓は呆れた顔で言った。

「あなたはバランスが悪いんだ。誰も知らない情報の断片を手に入れられるのに、その断片を結びつけるのが下手だし、せっかくの能力を活かせていない。不用意に調査対象に近づきすぎだし、簡単に人を信じすぎだ。今回はそれがいいほうに働いたのかもしれないけど、たまたまだよ」

「う……」

それは、視えるという体質を除けば、探偵としてまったくダメと言われているようなものだったが、そのとおりなので言い返せない。

確かに、求めている答えだけが視えるわけではないのだから、視えることにあぐらをかかずに、能力の活かし方をもっと真剣に考えるべきだ。これまで能力のおかげで過大評価されることもあったが、自分には探偵としての基本的なスキルが不足しているという自覚もあった。

「もっと慎重に動くのと、読唇術と似顔絵くらいは勉強したほうがいいよ。自分が視たものが何を意味するのか、わからないこともあるんだろ。視たものを他の人にも共有できるようにして、人の力を借りたほうがいい。あなたにとってはわけのわからないものでも、誰かが見れば、そこに意味を見出せることがある」

「な、なるほど……」

指摘が正しすぎて、ぐうの音も出ない。

「人の力を借りるって、大事だよな。自分一人だと、どうしても視野が狭くなるしさ」

反省を込めて言った。

「楓も、何か困ったことがあったらさ、俺に相談していいからな。弁護士の朽木さんでもいいし。まだ中学生なんだから、何でも自分でやろうなんて思わなくていいんだから」

楓は、あなたに言われてもね、とでも言いたげな目で俺を見る。

それから、ふと何かに気づいたような表情を浮かべた後、気の毒そうに言った。

「仕事ないの？」

「なっ、ありますぅ」

「もっと地に足をつけた経営をしたほうがいいよ。探偵って個人事業主だろ」

「おまえ本当に中学生？」

「探偵業の届出だけじゃなくて、警備業の認定もとって、仕事の幅を広げるべきだよ。僕の家で、警備員の名目で雇ってもいい。生活するうえではすみれさんがいて不自由はないし、叔父が僕の後見人ってことになると思うけど、児童相談所の訪問のときだけ、身内みたいな顔で家にいてくれる人が必要なんだ」

「何だそれ、ちょっとその話もっと詳しく」

稀代の実業家が、後継者にと考えていただけのことはある。

俺が食いついたので、楓はまんざらでもなさそうにしていた。

気がつけば、羽澄邸まであと少しだ。

今晩はすみれさんの豚コマカレーだよ、食べに来てもいいよ、と楓が少し得意げに言った。

第二話　失踪人の貌《かお》

俺が鏡に向かい変装の練習をしていると、「邪魔するぞ」の一声とともに事務所のドアが開いて朽木《くちき》が入ってきた。

依頼者が来ているときはドアに「面談中」のプレートを掛けるので、朽木も無断でドアを開けたりはしないが、そうでないときはノックすらしない。帽子を持ち伊達《だて》眼鏡をかけて鏡の前にいる俺を見ると、朽木は「暇そうだな」と笑い、応接セットのソファに腰を下ろした。

「いらっしゃい朽木さん。コーヒー飲む?」

「ああ。――仕事でかかわったある社長夫人から、探偵を紹介してくれないかと言われてな、頼めないかと思って。急で悪いが」

「――社長夫人」

心躍る響きだ。美しい社長夫人や未亡人は、探偵もののドラマや小説における、わけありの依頼人の定番だが、俺は実際にお目にかかったことはなかった。

抱えていた浮気調査が終わったところで、手持ちの仕事はゼロになっている。先月から家庭教師のアルバイトをしているので、そちらの収入はあるのだが、探偵として看板を掲《かか》げている以上、探偵の仕事をしたかった。

「二年前に失踪した夫を見つけてほしいそうだ。探偵に心当たりがあるって、つい言っちまってな。俺は裁判所から、その夫が経営していたカサノ陸運の清算人に選任されて、今財産目録を作成中なんだ。だから、おまえが受けてくれると俺としても助かる」

「もちろん、いいよ。っていうか、こちらこそ助かるよ」

朽木の話によると、依頼人の夫である笠野俊夫《としお》は、一人で小さな運送会社を経営していたが、二年前のある晩、多額の借金を残したまま、突然いなくなったという。

失踪人捜しとは、実に探偵らしい仕事だ。俺は伊達眼鏡を外し、帽子を置いて立ち上がる。電気ポットで湯を沸かして、買ってきたばかりのコーヒーの袋を開けた。挽《ひ》きたての豆の、いい香りが漂う。

「傾いた会社と借金を残して社長が蒸発、ってドラマなんかじゃありがちだけど……取引先への説明とか借金の返済とか、奥さんはさぞかし大変だっただろうな」

「ところが、そうでもない」

俺がコーヒーを淹《い》れるのを待ちながら、朽木は話し出した。

依頼人の笠野智子《ともこ》は夫の会社の経営にかかわっておらず、夫の個人名義の債務の保証人にもなっていなかったという。つまり、経営責任や返済義務を負っていたのは笠野俊夫一人だった。

その彼が、ある日消えてしまった。

失踪直後は債権者たちが会社に押しかけてきたが、唯一の従業員である社長が不在では話にならない。資産価値のあるものが会社に残っていれば、債権者たちに持ち出されていたかもしれないが、売れそうなものはすでに笠野自身が処分し、借金返済や事業資金に充《あ》てていた。

相手がいないのでは話し合いもできず、裁判をしたところで、差し押さえるような財産もない。債権者たちは困り果て、笠野が帰ってくるのをただ待つしかなかった。

会社も借金も放置されたまま二年が経ったが、とうとう債権者からの申し立てで、会社は清算されることになった。建物を明け渡したり、会社に残った財産を処分し債権者たちに配当したりする手続きのためには、公正中立な立場の清算人が必要になる。裁判所から清算人に選任されたのが自分だったのだ、と朽木は説明した。

朽木がその手続きを進める中で、智子から夫を捜すために探偵を紹介してほしいと頼まれた。破綻《はたん》した会社の社長夫人とはいえ、智子個人は借金を負わないうえ、実家が裕福なので、調査費用は問題なく用意できるという。

「そんなの、受けるに決まってるよ。人捜しなら、まさに探偵の仕事だし」

金払いのよさそうな依頼人からの失踪人捜しの依頼なんて、こちらのほうから紹介料を払ってでも欲しいくらいなのに、朽木が「受けてくれると助かる」などと遠慮がちな言い方をしているのが腑《ふ》に落ちなかった。よほど性格に難のある依頼人なのか。

俺は二人分のカップを持って応接セットへと運び、朽木の向かいに座る。テーブルにカップを置くと、朽木は「それがなあ」と言って、もう片方の手で頭を掻《か》いた。

「依頼人は、夫はすでに自殺しているんじゃないかと言っているんだ」

「借金苦で自殺って、そりゃ、ないわけじゃないだろうけど……家に帰ってこなくなったからって、死んだっていうのは飛躍しすぎなんじゃないか。普通は夜逃げとか、そっちを疑うだろ」

「もちろん、その可能性もある。けど、自殺を疑うだけの理由もあるんだ。笠野俊夫が失踪した晩、笠野の車が会社から山へ向かうのを、たまたま彼とつきあいのあった男が目撃したんだが、その車は翌朝、山中で見つかっている」

山中とは言っても、森の中に乗り捨てられていたというわけではなく、笠野が仕事で出入りしていた会社の事業所の駐車場に停めてあったそうだ。そこからだと、車を降りてすぐ、歩いて森の中へ入っていけるらしい。

「笠野智子は、夫の車が山奥の駐車場で見つかったとその会社の人から連絡を受けた。そのとき、以前彼が富士の樹海の映像をテレビで観ていて、自分も死ぬならこういうところで誰にも見つからずに死にたいって話していたのを思い出したそうだ。それで、ああ、夫は山に入って首を吊ったに違いないと」

「うーん……まあ、本人が行方不明なのに車だけが山にあったっていうのは、ちょっと不穏な感じだよな」

確かに、山の中に車が停めてあり、運転してきた男の姿がなければ、山に入ったのだろうと考えるのが自然だ。

「じゃあ、依頼は、その笠野俊夫の遺体を見つけること?」

朽木は頷《うなず》いた。

夫はあの山の中で首を吊っているに違いないが、自分はとても山に入って遺体捜しなんてできない。だから探偵を雇って、その探偵に遺体を見つけてもらいたい——ということらしい。

しかし、それほど大きな山ではないとしても、木を一本一本確認してあるかないかもわからない首吊り死体を捜すというのは、相当な手間だ。やろうと思ってやれないことはないが、かなりのマンパワーが必要になる。時間も費用も、かかりすぎる。

探偵の仕事とは言えなかった。少なくとも、個人事務所では対応しきれない。朽木が言い出しにくそうにしていた理由がわかった。

「普通なら、広い山の中のどこにあるのかわからない遺体を捜すなんて無茶な依頼は受けられない。けど、霊が視《み》えるおまえなら、こういう依頼にも対応できるんじゃないかと思ってな」

また頭を掻きながら、朽木が言う。

「確か以前にも、遺棄されていた遺体を見つけて、遺族や警察に感謝されたことがあっただろう」

「ああ……でもあれは、たまたまっていうか」

そのときは、まさに遺体が埋められていたその場所に、殺された本人が立っているのが視えたのだ。

霊は、生前の本人と無関係な場所に現れることはない。大抵の場合、自分が死んだ場所にいるが、そうでなければ、強い思いを残した場所かもののそばにいる。霊が全てそうなのか、自分にそういう霊しか視えないだけなのかはわからないが、経験上、俺はそれを知っていた。だから警察に、「この場所に何かある」と伝えた。結果的に遺体発見に至ったが、俺だって、確信を持っていたわけではなかった。

本人の遺体は、間違いなく、死者の強い思いが残った「もの」だ。だから、遺体が適切に処置されず放置されているような場合は、そこに霊がいる可能性は高い。山で死んでそのままになっている遺体があるのなら、その遺体のそばには高確率で霊がいるだろう。しかし、広い山の中のどこに霊がいるのかを捜すのは、どの木に首吊り死体がぶらさがっているのかを捜すのと、労力において大差ない。

「そこにいる霊は視えるけど、どこに行けば霊がいるのかまでは、俺にはわからないんだ。実際に山の中に入って、地道に探すしかない」

「個人でやるには、限界があるか」

朽木がため息を吐《つ》いた。

そもそも、山の中に遺体があると決まったわけではない。車が近くに停まっていたから、その可能性が高い、というだけだ。仮に、笠野が自殺するため山に入ったところまでは間違いないとしても、彼が智子の言うように、首を吊って死んだとは限らない。たとえば、笠野が崖から身を投げていたら、遺体の発見はさらに難しくなる。

依頼人に莫大《ばくだい》なタイムチャージを払わせて、その挙句「見つかりませんでした」ということになったら、さすがに心苦しい。

「遺書はなかったのか？　奥さん宛にメールが来たとか、そういうのも？」

「ああ、何も見つかっていない」

「誰かに、死にたいって話してたとか、鬱病と診断されていたとか？」

「それもない。元気はなかったそうだが、自殺をほのめかすようなことはなかったそうだ。心療内科への通院歴もない」

「それなら、そもそも自殺じゃないって可能性もあるのか……」

車が山の中で見つかり本人は行方知れずと聞くと、確かに嫌な想像をしてしまうが、ほかに笠野俊夫が自殺したことを示唆する客観的証拠はない。借金に悩んでいたことや、「死ぬなら誰もいない山や林の中で」と彼が以前言っていたという智子の証言も、根拠としては弱い。借金に追われる日々に嫌気がさして逃げたくなるのはわかるが、人はそんなに簡単に、命を絶てるものだろうか。

「たとえば、山を下りるときは、誰かの車に乗せてもらって……足がつかないように借金とりから逃げたってことも考えられるよな」

「ああ、十分に考えられる。笠野俊夫が生きているのか死んでいるのかも、おまえなら確かめられるんじゃないかと思ったんだが」

「ごめん、それも無理だ。もっと霊感の強い人だったら、そういうのもわかるのかもしれないけど」

俺には、そこにいる霊が視えるだけなのだ。それも、顔もはっきりしない、ぼやけた輪郭だけの存在として。霊と話すことができれば、あなたはどうして死んだのですかと尋ねればいいが、あいにく俺に霊の声は聞こえない。

しかし、笠野俊夫が自殺したのではなく失踪しただけならば、能力は関係なく、ただの探偵としての俺にもできることはある。人捜しは、探偵の仕事だ。

「生死は問わず笠野俊夫を捜す、っていうことでいいなら、引き受けるよ。まずは事前調査として簡単に調べてみて、俺が役に立てそうかどうかの見込みを伝える。本人の持ち物を調べたり、関係者の話を聞いたりする、通常の調査だけど――その結果、やっぱり自殺の可能性が高い、山の中を捜すしかないってことになったら、費用のこともあるから、改めて依頼人と相談する、ってことでどうかな。もちろん、それでもいいって依頼人が納得すればの話だけど」

俺が言うと、朽木はほっと息を吐いてソファにもたれた。

「助かるよ。会社清算の手続きのためにも、代表者の失踪については確認して裁判所に報告する必要があるからな。結果的に本人の行方や遺体のありかがわからなかったとしても、『探偵まで雇って調査したが見つからなかった』っていう事実自体に意味があるんだ」

本来全ての責任を負うはずの笠野俊夫が行方不明であり、清算手続きに関与できない状態であることは、清算人の朽木としても確認しておきたいということらしい。

日頃さんざん世話になっている朽木の役に立てるなら、俺にとっても嬉しかった。

「一度智子さんに事務所に来てもらって、費用のこととか話し合って、双方納得できたら契約ってことでいいかな」

「わかった。依頼人には俺から連絡しておく。明日でいいか？」

「うん、明日は夜に家庭教師のバイトが入ってるだけだから、それまでならいつでも」

「ああ、楓《かえで》くんのとこか。じゃあ、先方の都合のいい時間で予約をとる」

依頼人に会ってみて、「つべこべ言わず、とにかく山に入って遺体を捜せ」と言われてしまったら断るしかないが、お互い納得のうえで受任に至ればいい。そしてもちろん、依頼人が満足する結果が出るといいが、これればかりはやってみなければわからない。発見できる見込みが薄そうなら、できるだけ早くそれを伝えることが依頼人の利益になるだろう。

笠野智子には、翌日、事務所に来てもらうことになった。

＊

事務所に現れた笠野智子は、想像していた「社長夫人」のイメージとは大分違っていた。むしろお金持ちのお嬢様と言った風で、襟ぐりの開いた薄手のニットに、キラキラ光る素材のバッグを合わせたファッションも若々しい。訊けば、失踪した笠野俊夫とは、年齢が一回り以上離れているという。

「私が社会勉強のためにバイトしてたとき、職場で知り合って結婚したの。その後であの人が自営始めて、会社にするって言い出して。最初はまあまあよかったんだけど、すぐ景気悪くなっちゃって、トラックも売っちゃった。あんまり私に仕事の愚痴とか言わなかったけど、大変だったみたい」

智子は細い脚《あし》の膝を合わせてソファに座り、居心地悪そうにしている。明るく染めた髪をいじりながら、どこか他人事のような調子で言った。

「智子さんは、会社……カサノ陸運は手伝っていなかったんですよね」

「会社やるのはいいけど、私は手伝わないよって、最初から言ってあったの。お父さんにお金出してもらったりとか、そういう面では協力したけど」

「俊夫さんの会社に、智子さんのお父さんが出資されたんですか」

「そう。それ以外にも何回か、お金貸してあげたり」

智子は貸してもらう、ではなく、貸してあげる、という言い方をした。彼女が、夫ではなく父親側の立場に立っているということだ。意識してのことではないだろうが、印象的だった。義父に援助を受けて設立した会社がうまくいっていなかったのだから、笠野が、妻や妻の実家に対して引け目を感じていただろうことは想像に難くない。彼にとって、自宅は、居心地のいい場所ではなくなっていたのかもしれない。

「失踪した日のご主人の様子は、どんな感じでしたか」

「さあ……仕事のことは私、何も訊かなかったから。人と会うから遅くなるって言ってたのは覚えてるけど」

「それは、仕事関係の人ですか?」

「たぶん。それか、借金関係の人」

笠野から直接聞いたわけではないが、仕事の後で会うのならそうだろうと思った、ということのようだ。夫婦のコミュニケーションは、それほど密にされていなかったらしい。

「失礼ですが、ご主人が失踪した当時、夫婦仲はよかったですか」

予想はついていたが、確認のために尋ねる。智子の視線が泳いだ。答えにくいだろうが、避けては通れない質問だ。しばらく黙って待ち、目が合ったので頷いて促すと、智子は言いにくそうに「あんまり」と答えてくれた。

「あの人、会社がうまくいかなくなってから、暗くて、いつも疲れた感じだったし。私は実家に泊まったりとか、家にいない日も増えて、いなくなる前の一か月くらいは、あんまり話さなかったかも。……あの人がいなくなった日も、私は夕方から実家に帰ってて」

そのため、彼が家に帰っていないことにも、すぐには気づかなかったそうだ。

二日経って、少し心配になり、智子は夫にメールを送ったが返事は来なかった。会社に様子を見に行くと、車がなくなっており、彼の姿も見えなかったので、実家の両親と一緒に警察に相談をしに行ったのだと、彼女は説明した。

「警察に、行方不明者届は出したんですか？」

「出したけど、大人が自分の意思で家出した場合は、特に捜査はしないって言われて……」

智子は不満げな表情だったが、警察は民事不介入が原則だ。その点については、警察を責められない。行方不明になったのが未成年者ならば別だが、成人男性が自ら姿を消すのは、そう珍しいことでもない。返しきれないほどの借金を抱えているとなれば、なおさらだ。警察は笠野俊夫の失踪を、自発的な家出であり、事件性はないと判断したのだろう。

「ご主人の車が、山の中で見つかったと聞いたんですが」

「うん、そう。元請け会社の駐車場が山の中にあって、そこに停めてあったんだって。私が知ったのは、あの人がいなくなった一週間くらい後だったんだけど、いなくなった翌日にはもうそこにあったみたい。私に連絡をくれた元請け会社の社長さんが、あの人の携帯に何度もかけたらしいんだけど、つながらなかったって」

「それは、行方不明の届を出した後のことですか？」

智子が頷いた。

自殺のおそれがある程度高いと判断されれば、特異行方不明者として、警察が捜索してくれることもある。車が山中で見つかったことを知らせていれば、もしかしたら警察の対応も変わったかもしれないが、今さら言っても仕方のないことだった。

「それで、あの人が、死ぬときは森の中とか、誰もいないところで死にたいって言ってたのを思い出したの。テレビ観ながらの話だし、そのときは、まだ会社も始める前で、自殺とかそんなこと、全然リアルな感じじゃなかったけど」

「失踪当時、ご主人は携帯電話を持っていて、智子さんもかけてみたんですよね。どうでしたか？　留守番電話になるとか、コール音が鳴りっぱなしになるとか」

「電源が入っていないか、電波の届かないところにいますってメッセージが流れるだけ。電源が入ってないから、GPSも使えないし」

「携帯電話のほかに、自宅からなくなっているものはありますか?」

智子は少し考えるそぶりを見せたが、やがて首を横に振った。

「携帯と財布は身に着けてたはずだけど、それ以外は何も持ち出していないと思う」

「会社のほうはどうですか? 持ち出されたものはないですか。たとえば、首を吊るためのロープとかは?」

「荷物が落ちないように縛るためのロープがあったかもしれないけど、それがなくなっていても、私にはわからない。事務所には、私、あまり出入りしてなかったから」

少なくとも、身の回りのもので、妻の智子が気づくようなものが持ち出された形跡はなかったようだ。しかし、財布は持って出ているのだから、当日、何らかの交通機関を利用して、すぐには見つからないような場所へ移動することはできたはずだ。他県へ逃げて住み込みで働くなり、日雇いのバイトをしながらネットカフェで寝泊まりするなり、あとはどうとでもなる。智子は夫や会社の借り入れ状況を把握していなかったから気づかなかったが、実はいくらかまとまった金が金庫にあって、笠野はそれを持って逃げた、という可能性だってある。

「ご主人は、クレジットカードを持っていましたか?」

「持ってなかったと思う。私は、持ってるけど」

智子に「そんなことが関係あるのか」と言いたげな目を向けられたので、俺は急いで、「クレジットカードの使用履歴から失踪者の居場所を追跡できることもあるので」と弁明する。それからメモをとっていたペンを置き、膝の上で両手の指を組んだ。

「まだ、山にご主人の遺体があると決まったわけじゃありません。自殺ではなくて家出の可能性もありますし、事件に巻き込まれた可能性もゼロじゃない。あらゆる可能性を視野に入れたいんです」

姿勢を正し、改めて智子に向き直る。

「ご主人が自殺したとしても、首を吊ったとは限りませんし、山に遺体があるという保証もありません。いきなり山に入って、もしご主人の遺体がそこになかったら、時間も費用も無駄になります。まずはご主人の失踪前の行動を調べさせてください。ご主人を知る人たちからも話を聞きたい。失踪当夜にご主人の車を見たという人がいるんですよね。その人とも会いたいので、連絡先を教えてください。会社の中も見せてもらいます。もしかしたら、手がかりが見つかるかもしれません」

パソコンや携帯電話のメール、通話記録、手帳や日記帳、カレンダー、そして、彼と直《じか》に会って話をした人からの情報。そういったものから失踪者の足取りをたどるのは、ごく基本的な調査だが、これまで誰もきちんと調べていないのなら、そんなものからでもわかることはあるかもしれない。失踪から二年も経ってしまっているので、目撃者の記憶が薄れているとか、証拠が散逸しているという点では少し面倒だが、時間が経っているからこそ失踪者が油断して、痕跡を残しているということもある。

追跡されないように注意して、自分の意思で失踪した場合でも、何年か経つと気が緩《ゆる》んで、何も知らない新しい友人に写真を撮られてしまい、それがSNSに載って発見されたり、免許証の更新がきっかけで居場所がわかったというケースを同業者から聞いたことがあった。

実家、友人の家、ビジネスホテルに泊まるには費用の問題があるだろうから、ネットカフェ――不倫相手の家、という筋もある。失踪直後は色々な場所を転々とするかもしれないが、二年も経てば一か所に落ち着くのが通常だろう。新しい仕事を始め、人間関係ができれば、どこかから情報は漏れる。

まったく手がかりが見つからなければ、自殺の可能性が高いと判断することになるだろうし、ある程度追えそうな手がかりを見つけたら、本格的な行方の調査に入ればいい。

「山の木を一本ずつ、しらみつぶしに捜すとなったら、かなりの手間と時間がかかります。時給換算で調査料を請求すると、おそらくびっくりするような額になってしまう。それでも、山の中に確実に遺体があるのなら、費用をかけるだけの意味もあるでしょうが、現段階ではその前提が不確かなんです。ご主人は本当に山に入って自殺したのか、まずはそこから、ある程度調べて判断したほうがいいと思います」

テーブルの上に出しておいた料金表を引き寄せ、智子の正面に置いた。

「一日一万円として、三日分。三万円の事前調査費用だけ、先に支払ってください。できる限りの事前調査をして、見込みがなければ、三日でそう報告します。三日間の調査で、ご主人を見つけられる見込みがあると判断した場合に限り、通常のタイムチャージをいただいて本格的な調査を開始します。それでも、ご主人を見つけられるとお約束はできませんが」

この方法なら、少なくとも、見込みのない調査に大金を支払うことは避けられるはずだ。俺は料金表のタイムチャージ部分と成功報酬部分の記載を指で差しながら、それぞれの金額を読みあげて説明する。

「山に入って遺体を捜す場合には、隅から隅まで捜したとして何日間くらいかかりそうか、実際に捜索を始める前に見積もりを出しますから、それを聞いて決めてください。それでよければ、お手伝いします」

智子は料金表を手にとって少しの間考えていたが、やがて両手を膝の上に置いて頷いた。

「それでいいです。探偵さんのほうからそういうこと提案してくれるの、良心的なんだろうし」

さほど感謝している様子でもなかったが、そんなことを言って、光る素材のバッグを開ける。ピンクの長財布を取り出して自分の膝の上にのせ、

「でも、私はやっぱり、自殺だと思うけど」

彼女は万札を取り出しかけた手を止めて、口を開いた。

「あの人に行き場なんてないし、頼れる友達だっていないし……お金もないのに、どこにも行けないっていうか、どこに行ったたって仕方ないでしょ。銀行のキャッシュカードも通帳も、自宅に置いたままだった」

会社があんな状態だったから大した額は入ってなかったけど、と付け足して、財布から一万円札を三枚抜く。その爪は、財布と同じ薄いピンクに塗られている。

「確かに、何もかも嫌になったとしてもおかしくない状況だったけど、そういうとき、別の場

所で心機一転、ゼロからやり直そうなんて思うタイプじゃなかったの。あの日、何があったのかはわからないけど、会社はもうダメだって決定打になるようなことがあったのかもしれない。もうどうしようもないってわかって……でも向き合うのが怖くて、ただ、衝動的に逃げ出したんだと思う。そういう人だった」

「向き合うというのは、債権者に？」

「いろんなものに。借金とか、会社とか、私とか」

つまり、彼は人生から、自殺することで逃げ出したのだと、彼女は思っているのだ。なかなかに厳しい。しかし、何年も連れ添った妻の評価となれば、ある程度の信憑性《しんぴょう》はある。

「失踪宣告って、失踪から七年もかかるって、弁護士さんに聞いたの。でも、そんなに待っていられない。早く遺体を見つけて離婚して、保険金もらって、忘れたいの。三日ね。三日経ったら、正式に受けてもらえるかどうか、返事がもらえるってことでしょ」

智子は三万円をテーブルの上に置き、三本の指で俺のほうへと押しやった。

随分とはっきりしている。保険金、という一言が印象に残った。行方不明の夫が心配で、とか、せめて遺体をきちんと弔《とむら》いたい、といった建前すらない。

失踪して二年でこんなに気持ちが離れてしまうのか、とやるせない思いで、俺は三万円を受け取った。

あるいは、失踪前から彼女の心は、夫に寄り添っていなかったのかもしれない。笠野もそれを感じていたとしたら——会社にも家庭にも居場所を見つけられず、逃げ出したいと思ったのだとしたら、その気持ちは理解できる。

しかしそれは、俺の勝手な想像だ。

「ご主人の写真をお借りできますか」

「あんまり新しいのはないの。結婚式のときのと……あと、データだけなら、大分前にバーベキューしたときの写真があるけど」

「じゃあ、データを送ってください。結婚式の写真は、改めて取りにうかがうので、用意しておいてください。ご主人の私物も見せていただきたいので、そのときにでも」

領収書を用意しながら、最後に一つだけ確認する。

「ご主人に、女性の影はありましたか」

「……ない。ないと思う」

智子は胸の前で腕を組み、俺を見ないで答えた。

隠していることがありそうだと感じたが、彼女に話すつもりがないのは見ればわかる。今は、追及しないでおいた。


会社名義の財産は現在、朽木が管理しているらしい。智子が帰っていった後、俺は朽木から鍵を借り、早速、笠野俊夫の経営していたカサノ陸運の事務所を訪ねた。

失踪した日も笠野は出勤していて、夜には誰かと会う予定があったと、智子は言っていた。おそらくその人物が、失踪前の彼に会った最後の人物ということになるだろう。

最後に失踪者と会った人物の話を聞くのは人捜しの基本だが、それが誰なのかすら、今はわかっていない。これまで、誰も調べていないのだ。笠野が失踪して以降、事務所はそのままになっているそうだから、探せば案外簡単に手がかりが見つかるかもしれない。カレンダーに予定が書いてあったり、連絡先のメモでも残っていれば万々歳だが、さすがにそこまでは期待できないか。

カサノ陸運はもちろんすでに業務を停止していて、事業所も閉鎖している。電気もガスも止まっていると朽木から聞いていたので、ランタン型の作業用ライトを持参した。夜というには早い時間だが、最近は日が落ちるのが早い。薄暗い中での現場検証では見落としがあるかもしれないが、早いうちに一度、事務所の中を見ておきたかった。

建物の北側には駐車場があり、社名がプリントされたワゴン車が停まっている。駐車場は、ワゴン車一台のためには広すぎるスペースがあった。すでに処分されたようだが、以前は、配送用のトラックもここに停まっていたのだろう。

駐車場に面した壁には窓があった。その反対側の壁にも磨《す》りガラスの小さな窓があったが、こちらはおそらくトイレか給湯室の窓だろう。

ぐるりと建物の周りをまわってみて、正面入口へ戻り、借りた鍵でドアを開け中へ入る。空気はひんやりとして、少し埃《ほこり》っぽかったが、二年も閉鎖している割には荒れた印象もなく片づいていた。

素っ気ない事務机とスチール棚、壁に貼りつけられたホワイトボード、カレンダー、合皮のソファと四角いテーブルの、質素な応接セットが目に入る。カーテンのない窓から外の街灯の光が入り、電気がなくてもそれなりに明るい。

俺はドアに手をかけたまま室内を見回し——予想外のものを見つけて、動きを止めた。

部屋の中央に、ぼやけた姿の霊が立っている。


俺はドアから手を放し、霊に近づいた。

混乱していた。

どうしてここに、霊がいるのか。

笠野俊夫は、失踪したのではなかったのか。

俺には霊の姿はぼんやりとした輪郭としてしか視えず、顔立ちどころか年齢や性別すら判別できない。しかし、こうしてこの場所にいるのだから、この霊は笠野俊夫だと考えるのが自然だろう。

俺の経験上、そこに霊がいるということは、その人がそこで死んだか、そこに遺体があるか、もしくは、それらに匹敵するほどの強い理由、縁や未練がその場にあるかだ。俺がこれまで視てきた霊のほとんどは、自分が死んだ場所にいた。遺体のそばで霊が視えたのは、遺体が適切に処理されず遺棄されていたときだけだ。

この事務所内に遺体を隠せるスペースがあるようには見えない。笠野が霊となってこの場所にいるのは、彼がここで死んだからだと考えるべきだった。

笠野の遺体は発見されていないから、ここで彼が死んだのだとしたら、誰かが遺体を移動させたということになる。誰が、何のために？

予想もしていなかった展開に、知らず、鼓動が速くなった。

もしや、彼の失踪には事件性があるのではないか。いや、まだわからない。決めつけるのは早い。今わかっているのは、霊がここにいるということだけ、彼がすでに死んでいるということだけだ。「その場で死んだわけではないが、その場に強い未練があるからそこに現れる」というケースも、少ないが、ないわけではない。

確かめるためには、本人に教えてもらうしかない。

俺は霊と対話することはできないが、眠ることで自分の意識を手放せば、その場にいる霊の意識とつながることができる。そうやって霊の記憶を視れば、彼がどうして死に至ったのかわかるはずだった。

肩を落として立っているその霊の姿は、心なしか、いつも俺が視ている他の霊と比べて存在感が薄く、頼りなげに視える。死後、時間が経っているからだろうか。

俺は応接用ソファの埃を払い、靴を脱いで横になった。いつも持ち歩いている睡眠薬はポケットに入っているが、ここは静かで、ソファの寝心地も悪くない。薬に頼らなくても眠れるだろう。脱いだ上着を畳んで枕がわりにし、目を閉じる。

灰色のズボンを穿《は》いた脚と、膝の上で指を組んだ手が視えた。ソファに向かい合って座っているようだが、視線の主がうつむいているせいで、相手の腰から下しか視えない。正面の男の、手首のあたりの袖もズボンと同じ色だった。上下そろいの作業着か、つなぎだろう。

映像の質は、いつもよりも粗い。まるで、コピーを重ねて劣化したデータのようだ。男の顔を確認できないまま、ヴィジョンは数秒で消えた。

次に視えたのはドアだ。視点の主はドアへ向かって歩いている。その途中で、衝撃に視界が揺れた。

激しく映像がブレて、よくわからないが、灰色と肌色が視える。作業着の相手と揉《も》み合っているのか。次に天井、それから、横を向いて倒れた男の顔が視えた。口が開いているのはわかったが、乱れた髪で隠れて、顔はほとんど視えない。

全て、それぞれが一秒から二秒程度の、細切れの映像だった。そして一瞬青いものが視えたと思ったのを最後に、ヴィジョンはぶつりと途切れ——俺は目を覚ました。


目を開けると、ヴィジョンの中で一瞬視えたものと同じ天井が見えた。

俺は仰向けになったまま何度か瞬《まばた》きをして、ゆっくりとソファの上で体を起こす。

予定よりも長く眠ってしまったようだ。眠ったときにはまだ明るかったはずの室内が、すっかり暗い。

ヴィジョン——霊の記憶が視えるのは、たいてい、眠りに入った直後か、しばらく眠って、目覚める直前かのどちらかだが、今回は後者のようだ。なかなか相手の意識を拾えなかった、という感覚があった。

視え方も、何だか、いつもと違っていた気がする。最初の、作業着の男と向かい合っている映像は数秒間続いたが、それ以外の映像は全て細切れなうえ、全体的に不鮮明だった。

霊と俺の波長が合わないときは、ヴィジョンが視えにくいことがあるが、その割には、室内に立つ霊の姿は、俺がいつも視ている霊たちとさほど変わらない形で視えていた。強いて言えば、少し存在感が薄いようには感じたが、波長の合わない霊ならば、そもそも、起きている状態の俺にはその姿が視えないはずだ。

死後、時間が経過しているせいで、霊が弱っているのかもしれない。それにしても、あんな風に突然ヴィジョンがぶつりと途切れて目が覚めるというのは初めてだった。まるで何かに受信を遮られたかのようだった。

俺はソファから足をおろし、軽く首を振る。靴を履きながら何気なく室内を見回して、気がついた。え、と思わず声が出る。

霊の姿が視えない。

眠る前には確かにそこにいた霊が、消えている。

「……何で」

立ち上がり、改めて見回した。

暗くても、霊の姿は明るい場所と変わらず視えるはずだ。意味がないとわかっていたが、すぐ横に置いてあったライトをつけ、持ち上げて、暗い室内を照らしてみる。やはり結果は同じだった。

さっきまでそこにいた霊が、いなくなった。もしくは、視えなくなった。

こんなことは初めてだ。

消滅した、のだろうか。

自分に視える霊と視えない霊がいることから、霊にも寿命のようなものがあるのかもしれないと思ってはいたが、たまたまこのタイミングで、笠野の霊の寿命が尽きたなどということがあるだろうか。

霊の寿命、という表現は正確ではないだろうが、自分に視えるのが、比較的新しい霊らしいということには気づいていた。死んでから何年経った時点で視えなくなるのか調べたことはないが、ちょうど今、笠野の霊にその時期が来たということなのか。

ヴィジョンが不鮮明だったこともあり、霊が弱っているのかもしれないとは思ったが——それにしても、霊とはこんなに突然に消えてしまうものなのだろうか?

腕時計を見ると、すでに八時を過ぎていた。楓の家庭教師をする時間が迫っている。

俺は慌てて上着を取り上げ、カサノ陸運を後にした。

＊

「よし、じゃあこのページから、ここまでやってみて。わかんねえとこあったら言えよ。テストじゃないんだから、迷ったら訊けばいいんだからな」

俺が言うと、楓は頷いて問題を解き始めた。

俺はいつ質問をされてもいいように様子を見守っていたが、楓は黙々と問題文を読み、解答欄を埋めていく。

生徒が優秀だと、教える側はすることがない。鉛筆の走る音を聞きながら、俺は勉強机に肘をつき、カサノ陸運でのことを考えた。

数分前まで視えていた霊が何故《なぜ》視えなくなったのかは気になるが、今はそればかり考えていても仕方がない。これまでにはなかったことだが、一時的にチューニングが合わなくなっただけかもしれないし、また明日、確かめてみるしかない。わからないことは置いておいて、まずは、わかっていることの整理だ。

霊は、会社の事務所内にいた。つまり、笠野俊夫が死んでいるのは間違いない。そして、霊がそこにいたこと、一瞬だったが、ヴィジョンの中で、床の上に倒れている遺体らしきものが視えたことと併せて考えれば、笠野はあの場所で死んだと考えてまず間違いないだろう。

それなのに遺体が見つかっていないということは、誰かが事務所から移動させたということだ。ヴィジョンは不鮮明で、決定的な場面は視えなかったが、笠野の死に無関係な誰かが、ただ死体を遺棄する理由は思いつかない。彼は何者かに殺されて、遺体を運び出された、と考えるべきだった。

殺すところが視えなかった以上断定はできないが、第一容疑者は、ヴィジョンの中で視えた灰色の作業着の男だ。智子は、事件当夜、笠野は人と会う予定があったと言っていた。その相手が、あの男だったのだろう。取引先か、債権者か――しかし、果たして、彼が死んで得をする人間がいたかどうか。笠野は借金の返済に苦慮していたそうだから、取引先や債権者との話がこじれることはあったかもしれないが、殺してしまっては借金の取り立てもできないから、彼らが笠野を殺す意味はない。

殺す理由のある人間、と考えると、生命保険を受け取れる妻が怪しいが、もしも智子が犯人なら、遺体を見つけてほしいなどと探偵に依頼をするだろうか。

智子が、絶対に他殺だとバレないと自信を持っていたのなら、そういうこともないとは言い切れない。夫を殺して自殺に偽装したものの、すぐに見つかると思っていた遺体がなかなか発見されず、生命保険が下りないことに業を煮やし、自分で見つけてしまったら疑われると考え、探偵を雇った――ということも、ない話ではない。

しかし、生命保険が目当てなら、山の中などに遺体を運ばなくても、事務所で首を吊るなり薬を飲むなりしたことにすればいい。そうすれば、遺体は翌日にでも発見されていたはずだ。何か、そうできない理由があったのか。

衝動的な犯行で、首を絞めて殺害してしまい、自殺に見せかけようとしたが、会社の内部や近くには、首吊り偽装に適した場所が――遺体を吊るせるような場所がなかったのかもしれない。それにしても、山まで運ぶ必要があったかは疑問だが、人目につかないような場所にと考えてのことなら、理解できなくはない。

もしくは、いつかは自殺体として発見されてほしかったが、すぐに見つかっては困る理由があった、ということも考えられる。それは、ありそうな話だった。

自殺に偽装しても、死亡直後に司法解剖されれば、他殺であることがわかってしまうかもしれない。犯人の痕跡が見つかってしまうおそれすらある。しかし、死後時間が経っていればいるほど、正確な検査はできなくなる。智子が犯人なら、それを狙ったのかもしれない。事実、これから笠野の遺体を発見できたとしても、二年も山中で雨風に晒《さら》されていては、どの程度正確に死因を特定できるものなのかわからない。もしかしたら本当に、首吊り自殺だと判断されてしまうかもしれない。

しかし、ヴィジョンの中に、智子は出てこなかった。殺されたのなら、犯人の姿は被害者の目に焼きついているはずではないか。

作業着の男と会い、揉めた後で、智子に後ろから首を絞められたため、笠野は犯人である彼女の姿を見ないまま死んだ――などということは、あり得るだろうか。

仮にそれがあり得るとしても、遺体を運んで吊るすということまで含めると、女性の力でそれができるかどうかは疑問がある。

他人に殺させたという可能性もゼロではないから、まだ完全に容疑者から除外はできないが、おそらく、智子は犯人ではないだろう。俺は、そう結論づけた。それなら、俺が犯人捜しをすることは、依頼人の利益に反しない。むしろ、利益につながる。

犯人を見つけ、自白させることができれば、遺体がどこに遺棄されたのかもわかるはずだ。何より、笠野俊夫の失踪が事件、それも殺人事件だとはっきりすれば、警察が動いてくれる。犯人から遺棄した正確な場所を訊き出せなかったとしても、警察が人員を動員して捜索すれば、遺体は見つかるだろう。

遺体を見つけるには、まず犯人捜しだ。一本ずつ山の木を確認する作業よりは、ずっとやりがいがある。

事前調査に三日もかける必要はなさそうだった。俺にはできることがある。俺にしかできないと言ってもいい。笠野俊夫に何があったのか、真相に一番近いところにいるのは、間違いなく俺だ。

俺は緊張感とともにテンションがあがるのを抑え、静かに深呼吸する。

誰かはわからないし、動機もわからないが、とにかく智子以外の誰かが笠野を殺したとすると、遺体が現場からなくなり、車だけが山中で発見されたという事実は、どういう意味を持つか。

計画的に殺すなら、毒を飲ませた後で、自分で飲んだように偽装するとか、睡眠薬を飲ませて手首を切るとかしたほうが簡単だ。そうしなかった以上、計画的犯行ではなかったのだろう。犯人は何らかの理由で——たとえば、遺体から犯人の痕跡や他殺の証拠が検出されるのを恐れて——遺体の発見を遅らせる必要があったのかもしれない。そこまでは、智子が殺したと仮定した場合と同じだ。

単に発見を遅らせるために山中に遺棄したのなら、遺体は木に吊るされているとは限らない。たとえば遺体が谷底へでも落とされていたら、捜しようがない。そうでないことを祈るしかなかった。

まだ情報が足りない。笠野が自殺ではなく、殺されたかもしれないということは、客観的な証拠を見つけるまで、智子には伝えないでおいたほうがいいだろう。まずは予定どおり、俊夫の当日の行動を追い、彼が失踪した夜に会っていた作業着の男を捜すことから——

「できたよ」

楓の声で、はっとした。

俺が机に肘をついていた姿勢を正し、そちらを見ると、楓が問題集を差し出している。

「お、早いな」

「そうでもないよ。あなたがぼうっとしていただけだ」

悪かったよ、と苦笑して受け取った。

解答欄は全て埋まっている。俺は赤ペンを取り出し、解答冊子を開いた。

「解いてみて、迷ったところとか、自信ないところとかあるか?」

「特にない」

俺が採点をしているのを、楓はしばらく黙って見ていたが、

「仕事が入ったの。探偵のほうの」

俺の様子を探るように、ふいにそんなことを言う。

「お、わかるか？」

「今日、うちに着いたとき、息切れしてただろ。走ってギリギリ間に合ったって感じだったから、どこかに調査に行ってたか、誰かに会ってたのかなと思っただけ」

今も何か真剣な顔で考えてるみたいだったし、と楓は言って、一拍置いてから、

「どんな事件」

と訊いてきた。

「言わない。探偵には守秘義務ってものがあってだな」

「何か視えたの？」

「それも含めて、言わないの」

「視えたんだ」

ということは人が死んでいる事件なんだね、と楓は勝手に納得して頷いている。

これでは、どちらが探偵だかわからない。表情を読むのはやめてくれ、などと言ったら肯定しているも同然なので、ここは口をつぐむことにした。

楓は、俺が霊の姿やその記憶を視ることができると知っている。そして彼は、俺の能力と探偵という仕事に興味を持っているらしかった。

楓は好奇心旺盛なうえに行動力があり、察しもいいので困る。伏せておきたいことについて訊かれたときはなるべく目を合わせず、何も話さないのが一番だ。

俺は黙々と採点を続ける。間違いは一つもなかった。

「……家庭教師、要る？」

「要るよ。前回の校内模試で、順位が下がったんだ。十三位」

「全学年で？　全然悪くないだろそれ」

「いつも大体十位以内には入るよ」

「塾とかに行かないでそれって、すごいんじゃないか。成績いい子は大体皆、塾に行ったり家庭教師つけたりしてるだろ」

「だからあなたに教えてもらってる」

「まあ、そうなんだけどさ」

俺は家庭教師としては経験も実績もないし、成績向上にそこまで役に立ててるとは思えない。独学で学年十位前後に入れているのなら、そもそも家庭教師が必要だとも思えないし、さらに成績を上げたければ、プロの家庭教師を雇ったほうが効率的だ。楓もそんなことはわかっているだろうに、俺のような素人《しろうと》を、週二日で雇っているのが謎だ。

まさか仕事のない探偵を哀れに思って、慈善事業のつもりでいるのでは、と卑屈なことを考えてしまう。あり得ない話ではなかった。楓は資産家だ。それに、楓が、家庭教師としてよりも探偵としての自分に興味を持っているらしいことは明らかだった。好奇心を満たすために素人家庭教師に時給五千円を支払うくらい、楓にとっては大したことではないはずだ。

探偵業に興味を持ってもらえるのは俺も嬉しいが、個別の事件について部外者に話すわけにはいかない。口を割るつもりは毛頭ないが、うっかり楓の誘導尋問に乗ってしまわないよう気

をつけて、適切な距離を保たなければ——そう俺が決意していると、

「仕事の後で、すぐ来たんだろ。夕食は食べたの？」

採点の終わった問題集を閉じて、楓が言った。

「僕はもう食べたけど、まだなら、食べていったら。今日は炊き込みごはんと鰯《いわし》のつみれ汁だったよ」

メニューを聞いただけで、腹が鳴りそうだった。羽澄家の家政婦、小池《こいけ》すみれは料理上手だ。——炊き込みごはんなんて、もう長い間食べていない。

「……事件の話はしないからな」

守秘義務に反する話さえしなければいいのだ。

楓は余裕たっぷりに、それでいいよと答える。俺は、絶対に何も話すものかと決意を新たにした。

小池はもう自宅へ帰っているので、二人で台所へ行き、冷蔵庫から出した炊き込みごはんを電子レンジで温め、鍋を火にかける。

炊き込みごはんもつみれ汁も、とてもおいしかった。夕食を先に食べていたはずの楓も、少しだけ食べた。

それから二人で食器を洗った。

＊

楓の家で夕食をごちそうになった翌日、俺は、山の中腹にある運送会社、花咲《はなさき》運輸を訪れた。笠野俊夫に仕事を回していた元請け会社だ。

失踪の翌朝、笠野の車がこの会社の駐車場で見つかったため、智子は彼が山へ入ったものと考えているようだった。しかし俺は、笠野がカサノ陸運の事務所で死んだことを知っている。つまり、車を花咲運輸の駐車場まで運転してきたのは笠野本人ではあり得ない。笠野を殺した誰かが、ここまで車を運転してきて、彼が山へ入って自殺したと見せかけるために山中に車を置いていったと考えるべきだ。

レンタカーを駐車場の隅に停めさせてもらい、まずは駐車場を見てまわった。駐車スペースは、七割がた埋まっている。防犯カメラの類は見当たらない。仮にあったとしても、二年前の映像など残っていないだろうが、念のため確認する。

有料のパーキングではないので、精算機やゲートはない。駐車スペースには砂利《じゃり》が敷かれ、車止めが置いてあったが、あとはカラーコーンとビニールロープで区切ってあるだけの、簡単な設備だった。

車で山道を上ってきて、左折し駐車場に入ると、正面奥に花咲運輸の事業所が見える。山頂は向かって右手、麓《ふもと》は左手だ。駐車場の敷地を区切るビニールロープは大人なら一跨ぎで乗り越えられるくらいの高さだった。

麓へと続く左手の斜面はかなりきついので、下りるのはほぼ不可能だろうが、山頂へ登っていくことはできそうだ。遺体が遺棄されたとしたら、この駐車場から山頂までの間のどこかだろう。

森の中に入っての遺体探しは大変そうだった。登れなくはないが、斜面は急だし、結構木が密集して生えている。駐車場から数メートルのところに遺体を捨てるとは考えにくいから、犯人は、ある程度の距離を登ったはずだ。勾配が急なのはこのあたりだけで、歩いているうちに緩やかになるのかもしれないが、遺体を遺棄できるような場所へたどりつくまでには相当体力を消耗しただろう。遺体を担ぐなり引きずるなりしていたなら、なおさらだ。やはり、女性には無理だ。男性でも、誰にでも可能だとは思えない――たとえば、日常的に重い荷物の積み下ろしなどの力仕事をこなしている、運送業者や引っ越し業者の人間でもなければ、手早く遺体を運んで埋め、その後何食わぬ顔で日常生活に戻るなどということは難しいだろう。俺だったら、全身筋肉痛で、翌日は満足に動けなくなるところだ。笠野の関係者で、事件の翌日に仕事を休んでいたり、様子がおかしかったりした人間がいたら、有力な容疑者だ。二年も前のことだから、それを探すのも難しいだろうが。

気になることは他にもある。そうやって何とか遺体を遺棄したとして、その後、犯人はここに笠野の車を残し、どうやって山を下りたのか。徒歩やタクシーでも下山は可能だが、犯人が自由に使える車やバイク等の移動手段がこの駐車場、あるいは駐車場の併設された運送会社の敷地内にあったということも考えられる。

遺体の遺棄場所にここを選んだことを考えても、犯人はこの場所をよく知っている人物である可能性が高かった。とすると、花咲運輸の従業員か、取引のあった業者だろうか。

駐車場の写真を撮っていると、事業所のほうから誰かが歩いてくるのが見えた。五十代くらいの男だ。上下そろいの作業着を着ている。作業着は灰色で、ヴィジョンで視たものと似ている気がした。

「こんにちは」

俺が近づいて声をかけると、男も「ああ、どうも」と会釈を返してくれる。

「休憩ですか」

「あー、積み待ち。荷物の。そんで一服しようと思ったら、人がいるのが見えたから」

「こちらの従業員の方ですよね。俺、以前ここの下請けの仕事をしていた笠野俊夫さんを捜していて……当時のことを知っている人に、話を聞きたいんですが」

「ああ、笠野さんね。何、お兄さん、探偵か何か？」

俺が名刺を渡すと、彼は物珍しそうに受け取った。「本当に探偵なんだ」と言いながら、名刺と俺とを見比べている。名前を尋ねると、村井《むらい》という苗字だけ教えてくれた。

「村井さんは、笠野さんとは親しかったんですか？」

「いや、顔を合わせたら挨拶《あいさつ》する程度だったけどね。うちの下請けをしてたけど、ほんとは別の会社の社長さんだとか……苦労してるってのは聞いてたよ。本人からじゃなくて、噂でだけど」

「笠野さんがいなくなった後、車がここの駐車場で見つかったと聞いたんですが……」

「ああ、そこに停めてあったよ。バックで入れるんじゃなくて、こう、頭から……山のほうを向いてね」

指差して位置を示してくれる。複数ある駐車スペースのうち、山頂側の列の真ん中に、笠野の車は停まっていたらしい。

「あっちに作業場というか、積み場があってね。仕事用のトレーラーとか大型トラックなんかも、積み場とくっついた車庫に停めてあるの。笠野さんみたいな下請けさんは、自分とこのトラックでここまで来て、そのまま積み場まで行って荷物積んで出ていくか、自分の車で出勤して駐車場に車停めて、会社のトレーラーに乗り換えるかのどっちか」

村井は、親切に色々と教えてくれた。

花咲運輸に勤務しているドライバーたちは各自、自家用車や原付などで出勤し、作業場の奥の車庫でトレーラーに乗り換えて、その場で荷物を積み出発するか、空のトレーラーで出発して、よその積み場へ行くかするのが通常だという。笠野のような下請けの場合は、その日運ぶ荷物次第で変わり、自分の会社で所有しているトラックで足りるときは自社からトラックでここへ来て荷物を積み込んでから出発し、その日運送するものが土砂などの大物であるときは、自家用車でここへ来て、車庫で花咲運輸のトレーラーに乗り換えて出発していたそうだ。

しかし笠野は、失踪する数か月前から、仕事の際はもっぱら花咲運輸のトレーラーばかり運転していたらしい。カサノ陸運にも以前は大型トラックがあったが、借金返済のために売ってしまったそうだと、村井はそんなことまで話してくれた。経営がうまくいかなくなり、自社で受けられる仕事が減ってきてからは、花咲運輸の下請けの仕事が笠野の主な収入源だったようだ。

「笠野さんはよく出入りしてたから、駐車場に笠野さんの車が停まってたって、別に何とも思わなかったんだよ。その日誰がトラックに乗ってるかなんて、いちいち把握してないし。そういえば停まったまんまだなって、二、三日して気づいて、そしたら失踪してるっていうから、びっくりして」

村井は作業着のポケットから煙草を取り出し、火をつけながら続ける。

「こんなところに車を置いていくなんて、もしかして山の中に入ったんじゃないか、なんて言う人もいたけど……かなり苦しかったみたいだから、そういうことも、ないとも言い切れないよねえ。そういえば、いつも疲れた顔してたなあ」

ロープで区切られた先へと目をやり、ふうっと煙を吐き出した。特別親しい仲でなくとも、同じ職場にいた人間が失踪した、自殺したかもしれないとなれば、彼にも思うところがあるのだろう。

「村井さんが最後に笠野さんを見たのは、いつですか」

「確か、いなくなったっていう日の数日前だったかな。積み場で見かけたんだったと思うけど、何せ昔のことだから、はっきりとは覚えてないよ」

俺が、他の従業員にも話が聞きたいと頼み込むと、村井は煙草を一本吸い終えてから事業所へと引き返し、しばらくして戻ってきた。もう荷物を積み終え出発してしまったドライバーも多いが、今いる従業員たちに、少しなら時間をとってもらえるという。

村井に感謝しつつ事業所へ行くと、事務所らしき建物の前に数人が集まってくれていた。五十代とおぼしき男が一人、二十代から三十代の従業員が二人だ。全員が男性で、村井と同じ灰色の作業着を着ている。業種を考えれば当たり前かもしれないが、皆、そこそこ体格がいい。彼らなら、遺体の運搬も可能だろうか、と考えながら、俺は一人一人の体つきを観察した。しかし、やはり下半身だけでは、ヴィジョンの中の男かどうかはわからない。

村井と同年代の男が「社長の花崎です」と名乗って、会社の名前と一文字違いの苗字が印刷された名刺をくれた。

「若いのが、連絡もなくふっつり来なくなったりすることはたまにあるんだ。朝早いし、長距離だと夜通し走ることもあるし、きつい仕事だからね。でも笠野さんは、うちじゃあ真面目にやってくれていたよ。頑張りすぎて糸が切れちゃったのかね」

体格がよく人の好さそうな社長は、眉を下げ、気の毒そうに言う。

「笠野さんの奥さんに雇われた探偵さんなんだろ？　旦那さんが借金残していなくなるなんて、奥さんは、そりゃあ大変だろうけど……きっと見つかるよって伝えてあげてよ」

思いのほか協力的だと思ったら、智子に同情してのことだったようだ。

智子が、夫の生命保険を受け取るために遺体を見つけてほしいと言っていることは、伏せておいたほうがよさそうだった。伝えます、ありがとうございます、とだけ答えておく。

「あの、その服って制服ですか？」

村井に確認しようと思ってタイミングを逃していたことを、花崎に訊いてみた。

「まあ、そんなようなものかな。既製品だから、よその会社の人もほとんど同じのを着てたりして、制服って言っていいかは微妙なところだけど」

一番安いやつをまとめて発注したからな、と花崎は笑っている。ということは、作業着から容疑者を絞り込むことは難しそうだ。せいぜい、笠野が最後の夜に会っていた男は、同業者の誰かである可能性が高い、ということくらいしかわからない。

「皆さんが、笠野俊夫さんと最後に会ったのはいつですか」

全員が、失踪の前日あるいは数日前に、この事業所で見かけたのが最後だと答えた。特に変わったところはなかったように思う、覚えていないが、たぶん。そんな曖昧《あいまい》な答えだ。二年も前のことだから、仕方がない。

「笠野さんは、自分でもカサノ陸運っていう会社をやってたんですけど、そこへ行ったことのある人はいませんか」

この質問には、全員が首を横に振った。笠野と個人的なつきあいがあった従業員はいないようだ。悩みの相談を受けるどころか、プライベートな話をしたことすらないと、皆が口をそろえる。

「今ここにいない奴らもいるけど、誰かと仲良くしてたって印象はないなあ。あんまりしゃべらなかったし……」

花崎に、なあ、と話を振られ、村井が、ですね、と応じた。俺は、笠野には頼れる友達などいなかった、と智子が言っていたのを思い出す。確かに笠野は社交的ではなかったようだ。自社で使っていた大型トラックを売りに出して、他社の下請けをしなければならなくなっていた彼の心境を考えれば、無理もないことかもしれなかった。

「実は、笠野さんが失踪当日に、作業着の男性と一緒にいるところを見た人がいるんです。その人が、笠野さんの行先について、何かご存じなんじゃないかと思いまして……」

思い切って言ってみる。

この中に犯人がいるのなら、何か反応するかもしれない。そう思い、注視していたが、特に不自然な様子を見せた者はいなかった。

殺人を犯してから二年も経って、気が緩み出した頃に探偵が訪ねてくれば、普通の人間は動揺する。もしもこの中に犯人がいるのなら、大した役者だ。

俺は、「何か心当たりがあれば連絡をください」とその場にいた全員に名刺を渡し、花咲運輸を後にする。今ここにいない従業員や、他社の知り合いにも訊いてみてほしいとお願いしておいた。

作業着は既製品だそうだから、ヴィジョンで視た作業着の男が、花咲運輸の従業員だとは限らない。しかし、あの男が笠野と接点のあった同業者なら、花咲運輸の誰かから、俺があの夜笠野と会っていた男を探していると、本人の耳に入ることもあるかもしれない。そうしたら、俺がどこまで知っているのか気になって、犯人のほうからこちらに接触してくる可能性もある。
二、三日様子を見て、花咲運輸の従業員から情報が集まらなかったら、笠野が配送先等で接触した可能性のある同業者を当たってみるつもりだった。しかし、絞り込むにはもう少し情報が欲しい。既製品の作業着だけでは、手がかりとして弱すぎる。
せっかく犯人らしき男の姿を視ることができたのに、と思うと歯がゆかった。あのヴィジョンの中で、相手の顔が視えていたら——せめて、もう少しヴィジョンが鮮明だったら。もしくは、途中で切れてしまったヴィジョンの続きが視えたら、何か有用な情報を得られたのだろうか。

おそらく、あの部屋にいた霊が消えたから、ヴィジョンも途切れたのだろう。霊が完全に消滅してしまったのなら、ヴィジョンの先はもう視ることはできないだろうが、昨日は何らかの理由で波長が合わなくなっただけで、今日は違うかもしれない。それに期待するしかなかった。

まだ、時間はたっぷりある。この後は、笠野の失踪した晩に彼の車を見かけたという目撃者に話を聞きに行くことになっていたが、それには一時間もかからないだろう。聴取を終えたら、朽木に一度返した鍵をまた借りに行って、もう一度カサノ陸運を覗いてみることにした。

本人の持ち物に車の目撃者、灰色の作業着を着た笠野の同業者と、調べるべきことは色々とある。しかしそのどれも、調べた結果犯人につながる情報を得られるかどうかはわからない。

今、確実に情報を持っているのは、死んだ当人だけなのだ。

＊

笠野俊夫の失踪当夜に彼の車を見たというのは、木田孝志《きだたかし》という三十代前半の男だった。彼は青果の卸しと配送をしている会社に勤めていて忙しく、仕事の終わり時間もまちまちだということで、休日に十五分だけという約束で時間をとってもらった。

木田の自宅近くの喫茶店で待ち合わせ、早速話を聞く。がっしりとした体型で、磨いた十円玉のような色に髪を染めた彼は、二年前のことを澱《よど》みなく話してくれた。

「俺は伝票整理のせいで残業して、家に帰るところで。ちょうどカサノ陸運の前を通りかかったんです。時間は、確か夜八時から九時の間……八時半くらいだったと思います。最初は、笠野さんも遅くなったんだな、家に帰るんだな、と思って見てたんすけど、方向が違ったから、あれ、どこかへ寄るのかな、って思いました」

笠野が通勤に使っていた小型のワゴン車は、配送の仕事に使えるようなものではなかったが、宣伝のために、車のドアに「カサノ陸運」と文字を入れていた。だから、見間違いということはないだろう。

カサノ陸運を出て自宅へ向かうには大きな通りを南へ行くはずなのに、そのとき笠野の車は反対方向の北へ向かっていたので、木田は不思議に思ったそうだ。その方向は、花咲運輸のある山のほうへと向かう道だ。

「笠野さんとは、もともと知り合いだったんですね」

「まあ……そうっすね。家も割と近いし……うちの配送の仕事、一回臨時で手伝ってもらったこともありましたし。急な欠員が出たときに」

彼の住むアパートとカサノ陸運は、徒歩十数分で行ける距離だという。それなら、朝のうちに朽木から鍵を借りて、木田の話を聞いた後その足でカサノ陸運を訪ねればよかった。非効率的なスケジュールになってしまったが、仕方がない。

「仕事で一緒になることは、よくあったんですか」

「最近はないっすよ。あ、最近っつうか、笠野さんがいなくなる直前ってことっすけど。俺はもう今、青果だけっすから……こっちで欠員出たとき声かけたのが一回。仕事ないみたいだったから」

「昔はあった?」

「まあ、この業界、担当エリアが同じだと、ヤードで顔合わせるのはよくあるんで」

「ヤード?」

「トラックヤードっていって……えーと、商品を納入するときに、そこの駐車スペースに車停めて、順番待つんす。納品待ちっていうか」

話しながら何気なく視線を動かした木田が、あ、という顔をした。

俺が彼の視線を追って振り返ると、二人用のテーブル席に、中年の女性が一人で座っている。買い物帰りのようで、ぱんぱんに膨らんだエコバッグが向かいの席に置かれていた。

女性は木田の知り合いらしく、こちらに小さく会釈をする。木田も、つられてといった様子で会釈を返したが、親しい相手というわけではないようだ。それきり目は合わせなかった。

「そういう待ち時間に、話をしたりすることはありませんでしたか？　たとえば、悩んでいる様子だったとか、何か気づいたことは」

「あー、悩んではいたんじゃないっすかね。相当借金あるみたいでしたし。でも、あんまそういうの、人に言うタイプじゃなかったんじゃないかな。本人から直接聞いたことはないっすね」

木田が何となく落ち着かない様子で、時計にちらちらと目をやり始めた。この後用があると言っていたから、時間が気になるのだろう。俺は、「最後に一つだけ」と声をかけて彼の注意を引き戻す。

「笠野さんが失踪した夜のことですけど、運転席は見えましたか。もしくは、笠野さんが車に乗り込むところを見たとか」

「や、車が会社から出てくるとこと、走ってくとこを見ただけっすね。あの車、笠野さんが乗ってたんじゃないんすか？」

「いえ、念のための確認です。当日笠野さんが誰かと会っていたようだという話を聞いたので、その人も一緒だったかもしれないと思って」

「ああ……俺は、笠野さんも他の人も、車に乗るとこは見てないっす」

礼を言って、俺は木田を解放した。コーヒー二杯分の領収書をポケットにしまい、店を出る。

思ったとおり、木田は、笠野本人を見たわけではなかった。見たのは車だけだ。失踪当夜車を運転していたのは、犯人と考えて間違いないだろう。笠野自身の車で、彼の遺体を山へと運んだのだ。

遺体は別に処分して、車だけ偽装工作のために駐車場に置いていったという可能性もないわけではないが、せっかく山中まで行ったのなら、遺体も山に遺棄したと考えるのが自然だ。車を山中に置いて、自殺したと見せかけたのに、後で遺体が別の場所から見つかってはまずい。

犯人が誰であれ、笠野の遺体が山中に遺棄されたなら、遺体を見つけるためには、くまなく山を捜さなければならない。当てもなく山に入るのは現実的ではないから、犯人を見つけて遺棄した場所を吐かせるか、警察が動いてくれるような証拠——殺人事件だという——をつかむしかない。

もしかしたら、笠野の車に犯人の指紋が残っているかもしれないが、それは笠野が殺されたとわかったうえで、犯人特定のために役立つ証拠だ。殺人を示唆する証拠ではなかった。

歩き出してすぐ、喫茶店のガラスごしに、窓際の席に座っている女性客がこちらを見ているのに気づく。

木田に会釈していた、あの中年女性だ。木田がなんだか居心地悪そうにしていたのは、知り合いが近くにいたからだろうか。

一瞬目が合った気がしたが、彼女はすぐに目を逸らしてしまった。

＊

午後四時頃に、朽木の事務所に着いた。廊下で、ブリーフケースを抱えた男とすれ違う。朽木の客だろう。俺のところと違って、朽木の事務所は繁盛している。

俺が執務室に入っていくと、朽木はスーツの上着を脱いで、ハンガーにかけているところだった。ネクタイを緩めながらこちらを向き、「おう」と迎えてくれる。ついさっきまで客と会っていたが、後は俺と会う予定しかないので、楽な恰好でいいだろう、ということらしい。身なりを整えて会うような仲でもないので、もちろん俺は気にしない。

朽木のデスクの向かいにあるソファに俺が勝手に腰を下ろすと、朽木は半透明のビニールのポーチのようなものを持ってきて、その向かいに座った。

「ほい、これだろ」

ビニールポーチから、シンプルなプレートだけのキーホルダーのついた鍵を取り出して渡してくれる。ポーチの中にカサノ陸運の細かな備品をまとめてあるらしく、通帳やら社印やらが入っているのが透けて見えた。

「ありがと。お借りします。夜か、明日の朝には返すから」

「昨日の今日で、また行くのか？」

「気になることがあったんだけど、昨日は楓の家庭教師の時間があったから、ゆっくり調べられなくてさ」

「いちいち返しに来なくても、二、三日なら、持ったままでもいいぞ。紛失しないように、管理だけちゃんとしてくれれば」

俺の事務所と朽木の事務所は徒歩二分の距離にあるが、返しに行ってまた借りてを繰り返すのは面倒だと思っていた。何日もカサノ陸運に通う必要があるかどうかはまだわからないが、お言葉に甘えることにする。

朽木が、常に保温にしてあるガラスポットでコーヒーを淹れてくれた。朽木の事務所にはベテランの事務員が一人いるが、今は外出しているようだ。

「実は……依頼人にはまだ言ってないんだけど、笠野俊夫の失踪には事件性があるかもしれない」

俺は、朽木が自分の分のコーヒーカップを持って座り直すのを待ってから、調査の経過を報告する。殺人の可能性があると伝えると、朽木は表情を変えた。自殺か失踪かわからないとは思っていても、殺人というのは想定外だったようだ。

俺は、カサノ陸運の事務所内に霊がいたこと、霊は通常、遺体のそばや自分の死んだ場所に現れるから、笠野俊夫は事務所内で死に、遺体を運び出されたと思われること、不完全だがヴィジョンが視えたことや、その内容についても説明する。

朽木は話を聞き終えると、唸りながら頭を掻いた。

「失踪したのは二年前だからな。今さら山中の車の件を指摘して自殺の可能性があると話しても、緊急性がないから、警察が動いてくれるとは思えない。山の中に遺体があるなら、それを見つけるには警察を動員するのが一番現実的なんだが」

「そうなんだ。殺人の可能性があるってことになれば、もちろん警察は動くだろうけど……本人の霊と俺の視たヴィジョン以外に、殺人を示唆するものは何もない。そこから手がかりを探して、警察に示せるような証拠を見つけるしかない」

「おまえが視たもののことは、誰とも共有できないからな。仮に信じてくれる警察官がいたとしても、証拠にならないし」

「たとえば嘘の目撃証言をでっちあげて警察を動かしたとしても、まだ確実に山に遺体があるってわかってるわけじゃないし……」

「それはリスクが高すぎるな」

結局、あの不鮮明なヴィジョンからなんとか手がかりを得て、犯人を見つけ自白させるか、客観的証拠をつかむしかないのだ。

犯人の行動には、理解できない部分が多い。その意味がわかれば、犯人が誰かもわかるような気がしていたが、現段階では具体的な容疑者すら浮かんでいなかった。

そもそも、笠野を殺す動機のありそうな人間がいない。笠野が誰かに強く恨まれていたという話は聞かないし、経済的にも、彼が死ぬことで利益を得られそうな人間は、生命保険の受取人になっている智子くらいのものだった。

「殺した動機もだけど、遺体を山へ運んだ理由もよくわからないんだ。犯人は遺体を移動させただけじゃなくて、車を山に置いてきている。その行動にどういう意味があるんだろうって、それを考えてた」

自分一人で考えているより、誰かに話したほうが情報が整理されて考えもまとまるし、違った視点から意見を言ってもらえれば、それがヒントになるかもしれない。コーヒーカップをテーブルに置いて俺が話し出すと、朽木は先を促すように黙って目をあげた。

「普通、遺体を山に捨てるのは、見つかりにくくするためだよな。でも、車を駐車場に置いたままにしたら、遺体が山にあるってことがわかっちゃうだろ？　遺体を見つけてほしくないなら、こっそり遺棄して、車は関係ないところに乗り捨てておけばよかったのに、どうしてこれみよがしに、山の中の駐車場に車を停めておいたんだろうって」

「万一発見されたときのために、自殺に偽装したんじゃないのか。家族も山の奥までは捜さないだろうし、捜したとしてもそう簡単には見つからないだろう。それにもし見つかったとしても、自殺として処理されれば自分は安全だからな。人が入らない山に捨てる、ついでに自殺に見せかける、で二重の保険だ」

「俺は、すぐに見つけられたら困るけど、いつかは見つけてほしかったから、山の中で首を吊ったように偽装して、ヒントとして車を駐車場に置いたのかなって思ったんだ」

俺が何を考えているのか、朽木もぴんときたらしい。ソファに座り直し、伸びかけている顎《あご》鬚《ひげ》を撫でて目を細める。

「すぐに見つかって新鮮な遺体を検視されたら、他殺だとわかってしまうかもしれないが、それなりに時間が経ってからならそのリスクが下がるとか、そういうことか。すぐに遺体を調べられるのは怖いが、いつかは見つけてほしい……遺体が見つかることで、犯人に利益が生じる。つまり、動機は保険金。笠野智子が怪しいってことか？」

「それも考えた。けど、ヴィジョンの中に智子さんは出てこなかったし、女性の力で男一人を殺して、山の中まで運んで木に吊るすなんてできるかな」

「まあ、無理だろうな」

となると、容疑者がいなくなってしまう。

原因はわからないが、カサノ陸運の事務所にいた霊は消えてしまい、貴重なヒントであるはずのヴィジョンも、途中で切れてしまった。あの続きに、もしかしたら犯人につながる手がかりがあったのかもしれない。この後もう一度行って、眠ってみるつもりだが、霊がいなくなったのならもうヴィジョンは視られないし、仮にまた視ることができたとしても、ヴィジョン自体が全体的に不鮮明だったから、あまり期待はできない。

「ヴィジョンで犯人らしき男が視えたのは収穫なんだけど……ほんとに作業着くらいしか視えなかったから、全然そこから絞り込めないんだよ。他にこれといった特徴もなかったしさ。特別太ってるとか瘦せてるとかもない。下半身は割とがっしりした感じに見えたけど、その程度で」

ヴィジョンに音がついていれば、揉み合っているときの声などから、犯人の手がかりを得られただろう。しかし、俺には映像として霊の記憶が視えるだけで、それに声や音は伴わない。

わかっているのは、犯人はおそらく男で、灰色の作業着を着ていたということだけだ。

笠野とつきあいのあった花咲運輸の従業員たちは皆同じ作業着を着ていたし、大量生産で値段も安いので、他の会社でもよく着られていると花崎社長が言っていたから、その要件に当てはまる男は無数にいる。

「作業着なあ……会社名が刺繍《ししゅう》してあるとか、そういうことはなかったんだよな」

「少なくとも、ヴィジョンで視た限りでは。そこまではっきり視たわけじゃないから、断言はできないけど」

作業着を着るような職種、おそらくは笠野と同業で、カサノ陸運を訪ねる理由のあった人物の中から、笠野と直接かかわりのあった——笠野に金を借りていたとか、貸していたとか、仕事上のつきあいがあったとか——人物を地道に探していくしかない。山に入って遺体を捜すよりは、まだやりようがある。

「臨時の仕事が入ったときのヘルプとかで、カサノ陸運に出入りしていた同業者がいなかったか、あと、同業者で笠野さんにお金を貸してる人がいなかったかどうか、花咲運輸の人たち中心に聞き込みしてみるよ。とりあえず明日からでも」

「ああ、だったら、カサノ陸運の元従業員にも話を聞いてみたらいいかもな。景気が悪くなって解雇されたが、会社を始めた頃は一人雇っていたみたいだから、ヘルプを頼むときには優先的に声をかけたんじゃないか。ヘルプが必要になるほど、カサノ陸運に仕事があったとは思えないけどな」

ちょっと待ってな、と言って、朽木はソファから立ち上がる。扉のついたスチールの棚の前まで行き、紙の表紙のファイルを取り出すと、戻ってきて差し出した。「カサノ陸運」と印刷されたラベルが貼ってある。

「俺が清算人として調査しているのは笠野俊夫じゃなくて会社のほうだから、おまえの役に立つ情報はあんまりないかもしれんが、資料を見てみるか？　元従業員名も載ってるし、取引先や債権者の名前や連絡先もわかるぞ。債権者と実際に接触するときは、俺から事前に連絡して相手に了承をとるけどな。失踪した代表者を捜すために雇われた探偵だって言や、普通は嫌とは言わないだろう。債権者の側だって、笠野俊夫を見つけて一円でも多く回収したいって思っているはずだ」

願ってもない。拝むようにしてファイルを受け取った。個人的な金の貸し借りのあった相手と笠野が揉めた可能性を考えてはいたが、智子は夫や会社の債務についてほとんど把握していなかったので、どうしたものかと思っていたのだ。

事務所からの持ち出しは不可だというので、その場で閲覧させてもらうことにする。

朽木が自分のデスクに戻り仕事をしている間、俺はソファに座って資料をめくった。会社の清算手続きのための資料や財産目録は、慣れない人間には読みづらかったが、笠野と接点があったと思われる個人名を探すことに集中して読み進める。

しかし、笠野の失踪について役立ちそうな情報はなかなか見つからなかった。カサノ陸運が債務超過になるまでの経緯についてては大体わかったが、それだけだ。

もっと個人からの借り入れがあるのかと思ったが、債権者の一覧にある名前は銀行や信用金庫の名前ばかりだった。考えてみれば当然のことだ。個人から借り入れがあったとしても、それは笠野俊夫個人としてのものだろう。会社名義での借り入れしか、この資料には載ってないのだ。

会社への貸し付けであっても、結局は笠野が一人で経営していた会社だから、債権者が彼を訪ねてくることはあったかもしれない。しかし、銀行や信用金庫の担当者が、債務者に返済を迫って揉み合いになるというようなことは、さすがに想像できない。返してくれ、いや無理だ、と揉み合っているうちに……とか、もう返せない、破産するつもりだ、と言われてカッとなって……ということがあるとしたら、やはり個人か、よほど小さな、町の貸金業者かだろう。

会社に事業資金を貸すような金融機関が、失踪にかかわっているとは思えない。会社の資料から得るものはなさそうだ、とあきらめかけたとき、一つの名前が目に留まった。期待していた債権者一覧表ではなく、事業内容についての資料だ。

従業員一名。木田孝志、平成二十七年三月三十一日解雇、未払い賃金、なし。

「……木田？」

「どうした？　何か見つけたか」

朽木が、デスクから声をかける。俺は急いで立ち上がり、そばまで行ってファイルを見せた。

「これ、この、木田孝志って……」

「ん、ああ、それがさっき話した、元従業員だ。貸し借りもないから、清算手続きには関係ないんだが……」

「この人、今日会ってきたんだ。笠野俊夫が失踪した夜に、車が会社から出ていくのを見ていた目撃者だよ」

「木田孝志が？」

目撃者の名前までは、朽木も聞いていなかったらしい。驚いた顔で立ち上がった。

「これ、解雇されたって書いてあるけど……笠野さんが解雇したってことだよな」

「ああ、失踪の半年くらい前だ。その時点でカサノ陸運の経営はかなり悪化していて、給料を出せなくなったから解雇したと聞いてる」

思いがけないところで糸がつながった。しかし、そのつながりは意味のあるものなのか。

俺は資料の名前を見つめながら、今日会って話を聞いたばかりの、茶色い髪の彼の顔を思い浮かべる。

木田は、かつてカサノ陸運で働いていたことを俺に黙っていた。面倒だから、訊かれていないことはわざわざ言わなかっただけだろうか。しかし、まるでほんの顔見知り程度の関係かのような口ぶりだったのに。そういえば、話している途中から、何やら居心地が悪そうにしていた。あれは、やましいことがあったからなのか。

「木田が、解雇されたことを恨んでたとしたら……」

「殺人の動機になるって？　さすがにないだろう。給料を支払えなくて、従業員を解雇せざるを得ないような会社だぞ。居座ったって、遅かれ早かれ倒産することは目に見えていたのに」

それもそうだ。給料ももらえないような会社に残っていても仕方がない。いくらなんでも飛躍しすぎだった。

「解雇されるまでの給料はきちんと支払われているし、笠野俊夫が殺されるほど従業員に恨まれてたとは思えないが……まあ、給料とは別に、個人間で貸し借りがあったって可能性はゼロじゃないか」

しかし、社長が従業員から金を借りるという状況は考えにくい。もし借りていたとしても、大した額ではないはずだ。殺人の動機になるほどの金額が動いていたとは、到底思えない。朽木も、可能性の話をしただけだろう。

あとは、社長と従業員としてではなく、個人的に、木田に笠野俊夫を殺害する動機があったかどうかだ。

「木田のほうも会社の状況はわかっていたから、特に揉めることもなく、穏便に退職したって聞いてるけどな……」

「解雇なのに？」

「失業給付の処理の関係で解雇ってことにしたけど、木田もそれを受け入れたそうだ。給与が未払いになっているなんてこともない。電話で木田本人に確認している」

「そっか。……考えすぎだったかな」

失踪当夜の目撃者が元従業員だったというだけでは、彼を疑う根拠にはならない。そもそも、木田はカサノ陸運に勤めていたからこそ、会社の近くに部屋を借りて住んでいたのだろうから

――たまたま近所に住んでいたからカサノ陸運に勤めたという可能性もあるが――その自宅へ帰る途中で、偶然会社から出てくる車を目撃したとしても、何もおかしいことはない。

時計を見ると、思っていたよりも時間が経っていた。礼を言ってファイルを返し、鍵だけを預かって朽木の事務所を出る。

予定より少し遅くなったが、昨日よりは早い時間だ。

カサノ陸運へ向かいながら考えた。

木田がカサノ陸運の元従業員なら、作業着も持っているはずだ。笠野にヘルプとして呼ばれてもおかしくない。「作業着の男」が木田だった可能性はある。その一方で、朽木の言うとおり、木田には動機がない。それに、喫茶店で、笠野が失踪当夜に人と会っていたらしいと伝えたときの反応も、特に不審なものではなかった。

結局、村井や花崎やそのほかの運送会社の従業員と比べて、木田が特別に怪しいと言えるような根拠はない。しかし、何かが引っかかった。

車の目撃者である木田の名前や連絡先を教えてくれたのは智子だ。しかし彼女は、木田がカサノ陸運の元従業員だということを俺に言わなかった。

関係がないと思ったからか。しかし、彼女は俺に夫の捜索――遺体を、というのが彼女の想定だとしても――を依頼していて、俺はそれに対して、まずは彼の周辺情報を集めると彼女に伝えていたのだから、彼女の立場としては、不要かもしれない情報でも俺に教えるのが普通ではないか。会社経営に関与していなかったといっても、夫を含め二人しか従業員のいない会社のもう一人の名前くらい、彼女も知っていたはずだ。

それが、少し気になった。喫茶店での木田の態度も。

智子の行動も木田の態度も、何かの根拠というには足りないが、無視することもできない。

勘に近いような思いつきだが、一つの可能性が頭に浮かんでいた。

人に恨まれるようなこともない、金も持ってない、つぶれかけた会社の社長。そんな彼を殺す動機のある人間が、保険金の受取人である妻以外にいるとしたら。

＊

俺がカサノ陸運に到着し入口のドアを開けると、そこには霊がいた。

昨日と同じ場所に、同じように立っている。

ほっとする気持ちと、それなら昨日のあれは何だったんだ、という気持ちが同時に湧いたが、これでヴィジョンの続きを視られるかもしれない。

改めて視れば、やはり、普段視ている霊よりも、少し輪郭が曖昧なようだ。霊はもともとが不確かな存在だが、いつも視えている霊以上に、まわりの空気との境界がぼやけているような気がする。

やはり、死んでから時間が経って、存在が希薄になっているのか。ヴィジョンが不鮮明だったのも、波長云々よりも、そのせいと考えたほうが自然だ。

存在が不安定で、だから昨日は突然消えてしまったのかもしれない。また消えてしまわないうちにと、俺は急いでソファに横になり、目を閉じた。

灰色の作業着を着た男が視える。

映像は昨日と同じで、不鮮明だ。

視点の主がうつむいているせいで、男の顔はわからない。作業着の胸に、会社名などの文字も確認できない。

続いて、視点の主がドアに向かって歩き出す。男と揉み合う。ここまでは昨日も視えた。まったく同じヴィジョンだ。天井が視えた後に少し視界がぼやけて、視え方が変わった。おそらくここで、視点の主は死んだのだ。自分の体を上から視ている。きっと、何が起きたのか理解できないままだっただろう。

ばさりと、ブルーシートが広げられる。ぺらぺらのビニールではなく、工事現場などで見かけるような、しっかりした厚手のものだ。昨日一瞬視えたあの青は、ブルーシートの色だったのか。横を向いていた男の遺体がごろりとうつ伏せにされ、ブルーシートに包まれる。そのヴィジョンはすぐに消えたが、確かに、昨日は視えなかった、昨日の続きだった。

それから、映像は切り替わる。土が視えた。場所が変わったようだ。暗い。森の中だろうか？

見下ろした穴の中に、ブルーシートのかたまりが視え、その上から土がかけられる。

それを最後に、ヴィジョンは消えた。

俺は、ソファの上で身を起こした。

首を動かして室内を見回す。

霊は消えていなかった。俺が眠る前と変わらず、そこにいる。

今度は、ヴィジョンは途中で切れたわけではない。あれが全てなのだ。期待していた犯人の手がかりは得られなかったし、新しい情報は多くはなかったが、一つわかったことがあった。

ブルーシートに包まれた遺体の上に誰かが土をかけて埋めるところを、殺された本人が視ていた。あれは、霊になった後の本人の記憶だ。つまり、遺体はここから移動させられた後で、どこかに埋められたということだ。自殺に見せかけて吊るされたのではない。

ということは、智子は犯人ではない。彼女は、「夫は首を吊ったはず」と主張していたのだし、他殺体とわかるような形で遺体を遺棄したのなら、それを見つけさせるためにわざわざ俺を雇うはずがない。そもそも、見つけてほしいなら遺体を埋める意味がない。彼女は夫の死にはかかわっていないのだ。

もともと、智子が犯人ということはまずないだろうと思ってはいたが、彼女自身は手を下していなくても、男性の協力者と共謀して殺したという可能性を完全には捨てきれずにいた。しかし、これではっきりした。彼女は容疑者から外れる。

しかし、わからないことはむしろ増えてしまった。誰が犯人だとしても、その行動は不可解だ。

　自殺に見せかけたかったのなら、遺体を埋めるはずがない。そして、ただ見つからないように遺棄するのなら、遺棄現場近くに車を置いておく理由がない。

　犯人は車を山中の駐車場に停めて、笠野が山へ入ったように見せかけることまでしたのに、遺体を吊るさず土に埋めた。もしかしたら、遺体に他殺だとわかるような痕跡が残ってしまったのかもしれない。自殺に見せかけようと遺体を山へ運んでからそのことに気がついて、予定を変更したのだろうか。それならどうして、車をもっと遺体から離れたところに乗り捨てなかったのだろう。そのほうが遺体が発見されるリスクを減らせるし、逃走するうえでもずっと楽だ。何か、そうできない理由があったのか？

　犯行直後は犯人も動転していただろうから、必ずしも常に合理的な行動ができるわけではないにしても、乗ってきた車を山の中に置いていくには、それなりの理由があるはずだ。

「……全然、わからない。笠野さん、あなたは、誰に殺されたんですか？」

　床の上に足を下ろし、無言で佇む霊に話しかけてみる。

　もちろん、返事はなかった。

　被害者本人がそこにいるのに、俺が彼から引き出せる情報は限られている。彼が何かを伝えたいのだとしても、その声は俺には聞こえないし、こちらから彼にかけた言葉が届いているのかどうかもわからないのだ。

　ため息をつきながら靴を履いたとき、ポケットに入れていたスマートフォンが振動して着信を伝えた。取り出してみると、表示されているのは知らない番号だ。

「はい、天野《あまの》です」

『あ、どうも、今日お会いした花咲運輸の村井ですけど。探偵さん？』

スマートフォンを耳に当てると聞こえてきたのは、数時間前会ったばかりの彼の声だった。

『あの後ちょっと思い出したことがあって、もしかしたら参考になるかなと思って、電話したんだけど……』

「本当ですか、ありがとうございます。助かります」

誰が見ているわけでもないのだが、背筋を伸ばして応じる。こんなにすぐかかってくるとは思わなかったので驚いたが、情報提供はいつでも大歓迎だ。

『ええとね、まず、思い出したんだけど、笠野さんのとこ、確か人雇ってたと思うんだわ。名前は忘れたけど、笠野さんがいなくなるちょっと前に解雇したっていう……俺もヤードで何度か会ったことあるのよ。その人に話聞いてみたらいいんじゃないかなって』

木田のことだろう。朽木の作った資料によれば、カサノ陸運が過去に雇用していたことのある従業員は彼一人だ。

「ありがとうございます。その方とは、一度お会いしています」

『あ、そっかそっか。探偵さんだもんね、とっくに調べてたか』

「いえ……」

そうでもない。ついさっき知ったばかりの情報だった。

肩身の狭い思いで否定したが、村井は電話の向こうで感心した様子でいる。

『あとねえ、これは参考になるとかそういうんじゃないんだけど、ちょっと前にね、うちの若いのが、駐車場で幽霊を視たって言っててね』

「幽霊?」

意外な話題になった。

俺は、かたわらに立っている霊に目を向ける。

『駐車場のはしっこ、山側に、何かくたびれた感じで男の霊が立ってて、すーって消えちゃったんだってさ。顔とかわからなかったらしいんだけど、それ、ちょうど笠野さんの車が停めてあったあたりなんだよ。霊が立ってたって場所』

村井は、まるで秘密を打ち明けるような口調で言い、『探偵さんと話した後で、そのこと思い出してさ』と続けた。

『そのときは思いつかなかったけど、今思えば、それって笠野さんだったんじゃないかって。それで俺、やっぱり笠野さんは自殺したのかもしれないって思って……。見間違いかもしれないし、関係ないかとも思ったけど、ほら、探偵さん、何でも思い出したことがあったらって言ってたから』

「ええ、もちろん、どんな情報でも参考になります。ありがとうございます」

できるだけ丁寧に対応しながら、今日訪ねたばかりの花咲運輸の駐車場を思い出す。

俺が見た限りでは、あの場所に霊はいなかった。俺とは波長が合わず視えなかっただけかもしれないから、若い従業員が霊を視たというのが嘘や見間違いだとはもちろん言えない。だとしても、笠野の霊はここにいるので、その従業員が視たというのは、事件とは関係のない別の幽霊だろう。

「笠野さんの件は別にして、花咲運輸の駐車場に霊が出るような心当たりはありますか。事故で亡くなった方がいるとか……」

『いやあ、俺は知らないね』

「その、幽霊を視たっていう方は、今日いらっしゃらなかった方ですよね。また改めて、お話を聞きに行きたいんですけど」

幽霊の話は、おそらくこれ以上掘り下げても意味がないだろうが、今日会えなかった花咲運輸の従業員たちには会っておきたいし、笠野と接点のあった別の会社の同業者とも話したい。せっかく村井のほうから電話をかけてきてくれたので、ここぞとばかりに協力を仰ぐことにした。

話しながら何度も目をやって確認したが、今日は、室内の霊が消える様子はない。

俺が村井と話をしている間もずっと、彼は無言で佇んでいた。

＊

一夜明けた土曜日の朝、俺は再び花咲運輸を訪ねた。

花咲運輸の休日は日曜祝日だけだが、土曜の朝は出庫の時間が平日より少し遅いと村井から聞いていた。出勤してきたドライバーたちを待ち伏せし、荷物を積んで出発する前の彼らから、順番に話を聞くことができた。

社長の口添えもあって皆が協力的だったし、昨日話を聞けなかった従業員たちのほとんどと話ができたが、特に新しい情報は得られなかった。

村井が、駐車場で霊を視たという従業員を紹介してくれたので、彼からも話を聞いた。村井は「うちの若いの」と言っていたが、村井と比べて若いだけで、三十代半ばの彼は会社では古株の部類らしい。彼にとって、駐車場で幽霊を視た話は一種の武勇伝のようになっているらしく、俺にも喜んで話してくれた。

「一年くらい前かな。たまたま、帰りがすげー遅くなったときだったんですよ。普通そんな遅くなることとないんですけど、夜九時過ぎ……九時半くらいだったかな。忙しい時期で、しかも俺、リーダーになったばっかりでまだ仕事に慣れてなくて、伝票整理に時間がかかっちゃって。一人で残業して、やっと帰れるって思って駐車場に行ったら」

幽霊が立っていたのだという。

「何か、雰囲気で、男の人だなって思っただけで……顔とかは全然見てないんです。俺、たまーにそういうの視えることあるんで、あ、ヤバイって思って目ェ逸らしたんですけど、車に乗ってからまたそっち見たら、消えてました」

彼自身は、その霊を視て、笠野だとは思わなかったそうだ。ただの心霊体験として、「こんなことがあった」と同僚たちに話をした。それを村井が思い出して、笠野の失踪と結びつけただけのようだ。

「夜九時頃には、普段は皆さん帰られてるんですか」

「あー、もう誰もいないね。鍵閉めちゃうし。リーダーは鍵持ってるから、残ろうと思えば残れるけど」

俺が尋ねると、心霊体験を語っていた彼ではなく、横でそれを聞いていた花崎社長が答える。

「九時まで人がいるってことはほとんどない。よっぽど忙しい時期に、一年に一度あるかないかくらいじゃないかな。ちょっとくらい残業する人がいても、大体八時には無人になると思うよ。うちはホワイトな会社だから」

幽霊の話はさておき、これは有用な情報だ。事件当夜、木田孝志が、カサノ陸運から車が出てくるのを目撃したのが、午後八時から九時の間。カサノ陸運から花咲運輸まで車で三十分くらいだから、犯人が寄り道せず車を運転したとしたら、駐車場に着いたのは八時半から九時半頃だ。その時間には、花咲運輸には誰もいなかった。そのため、笠野の車を運転してきて駐車場に停めた犯人の姿を、従業員たちは誰も見ていない。

午後九時半は早い時間ではないが、会社によっては人が残っていてもおかしくない時間だ。犯人はその時間帯に花咲運輸には人がいないことを知っていたから、この山を遺体の遺棄場所に選んだのだろう。

内部の事情を知っているということは、犯人は花咲運輸の関係者なのだろうか。しかし、他社の人間でも、花咲運輸の従業員から勤務状況を聞いていた可能性がある。

漠然と、花咲運輸の関係者が怪しいと思っても、その中に特別怪しい人間が見当たらない。これ以上は掘り下げようがなかった。とりあえず今は、誰かが何かを思い出して情報提供をしてくれるのを待つしかない。

その後、笠野が担当していた配送先を教えてもらい、そちらへ行くトラックに同乗させてもらった。社長が協力的なので助かる。

トラックが午前の配達を終え花咲運輸に戻るまでに、二件の配送先へ同行し、トラックヤードで灰色の作業着を着ている人間を見かけては話を聞いたが、空振りに終わった。

笠野のことを知っていて言葉を交わしたことがあるという人間自体、ほとんどいなかった。智子から預かった写真を見せると、ヤードで見かけたことはある、と答えてくれた人もいたが、その程度だ。被害者と加害者になり得るような、濃密な人間関係があったと思える人物は見つからなかった。

そして、俺が笠野のことを調べていると言っても、失踪当夜の目撃証言の話をしても、話を聞いた誰一人、動揺した様子は見せなかった。

特に得るものもなく昼になり、俺はトラックに乗せてくれたドライバーと花崎社長に礼を言って花咲運輸を後にした。ドライバーたちは、これからまた午後の配送がある。俺は、楓の家で家庭教師のアルバイトだ。

ヴィジョンの中で犯人らしき男を視て、作業着という手がかりを得たのに、なかなか、そこから先へ進まない。調査を始めて三日、話ができたのは仕事上笠野と接点のあった人間の一部だけだが、そもそも笠野は積極的に人とかかわろうとするタイプではなかったようだ。今後も笠野が担当していた配送先を回ってみるつもりではあるが、笠野と交流のあった人間が見つかる気はしなかった。

今度は、笠野俊夫に個人的に金を貸した人間がいないかどうかという点に絞って、心当たりを村井たちに訊いてみよう。個人での貸し借りがあった人物なら、取り立てのためにカサノ陸運を訪ねたということもあり得る。貸した側は金を返してほしいわけだから、債務者を殺す意味はないが、揉み合っているうちに……ということもまったく考えられないわけではない。殺人の動機はさておき、まずはカサノ陸運を訪ねる理由のあった人物を探すことからだ。

依然として容疑者らしい容疑者がいないことに、若干焦りを感じていた。今のところ、具体的に思い浮かぶのは木田孝志くらいだ。笠野俊夫と交流があり、元従業員だから、頼まれて手伝いのために会社を訪ねることもあり得る。もしかしたら、本人たちしか知らない、何らかの確執があった可能性もある。

しかしその彼も、実際に会って話した感じだと、怪しいとは思えなかった。途中から少し様子がおかしくなったが、笠野が作業着の男と会っているのを目撃した人間がいる、と俺がかまをかけてみたときにも特に反応しなかったし、探偵である俺と話すことにも抵抗はない様子だった。

木田だけではない。他社のドライバーや、花咲運輸の従業員たちも、不意打ち的に話を聞いたのに、落ち着いていた。

特別怪しいと思えるような人間がいない。それとも、すでに犯人と接触しているのに、俺が見抜けずにいるだけなのだろうか。

「仕事、あまりうまくいっていないみたいだね」

楓の家を訪ねたら、顔を見るなりそう言われた。俺は思わず苦笑する。そんなにあからさまにしょげかえっているつもりはなかったのだが、楓が一目で気づく程度には、情けない顔をしていたらしい。

「顔を見ただけでわかるなんて、楓のほうが探偵みたいだな」

「あなたがわかりやすいんだよ」

それは、探偵として問題がある気がする。反省しながら楓の部屋へ行き、教科書を開いた。

英作文の宿題をチェックして、誤りを指摘し、何故そこを間違えたのかについて確認する。俺が説明をすると、大抵楓はすぐに頷いて「わかった」と言い、一度指摘された部分はもう間違えなかった。

「英作文は、日本語で考えたことを英語にしようと思って書くと、混乱するし、日本語の文法で考えちゃうから間違えるんだ。パターンを覚えるといいよ。英語の定型文っていうか、こういうときはこう書くっていう形を覚えておいて、それを組み合わせる感じかな」

俺の助言に頷きながら、楓はすらすらとシャープペンシルを走らせる。もともと間違えている個所が少なく、飲み込みも早いので、一時間で、宿題だけでなく予習復習まで終わってしまった。

楓に教えるのは楽な仕事だったが、やりがいがないというのとは違う。彼が優秀な生徒だからということもあるが、教えるそばから吸収してくれ、教えた成果がすぐに出るというのは気持ちいい。探偵のほうの仕事が行き詰まりかけているということもあって、久しぶりに達成感を得られた気がした。

「お昼をまだ食べていないんだ。一緒にどう」

楓がそう言ってくれたので、ありがたくごちそうになることにする。台所へ行くと、数種類のおにぎりと玉子焼きが並んだ大皿に、ラップがかけてあった。どう見ても一人分にしては多いので、小池が俺の分も用意しておいてくれたようだ。楓が味噌汁の鍋を温め、冷蔵庫からぬか漬けを出してくる。

二人で向かい合って座り、きちんと手を合わせて、いただきますと言ってから食べ始めた。

コンビニ以外のおにぎりなんて、何年ぶりだろうか。人と向かい合って食事をすることも、楓のところに通い始めるまでは、ほとんどなかった。

味噌汁は、インスタントやチェーンの定食屋のものとは全然違う味がした。

「あなたの能力のことだけど」

ぬか漬けを小皿にとりながら、楓が口を開く。

「死んだ人の姿が視えるけど、声は聞こえないって言っていたね。そのかわり、霊のそばで眠ると、その人の記憶が視えるんだっけ。家の中ならいいけど、外では大変だね。どこでだって眠れるわけじゃないだろ」

「そうだな。現場が外だと、なかなか難しいな。……今回の事件のことはしゃべらないぞ。誘導尋問しても無駄だからな」

「そんなに警戒しなくても、仕事のことを無理やり聞き出すなんてことはしないよ」

そう言われても油断はできなかった。楓のことだから、無理やりでなくても、どうとでもして聞き出せる、くらいのことは考えていそうだ。

楓は、俺が警戒を解かない様子なのを見て、心外だというように、「僕には視えないものだから、興味があるだけだよ」と付け足す。

「起きている状態で、霊と……会話はできなくても、他の方法で意思疎通はできるの？　首を振るとか、ジェスチャーなんかで」

「いや……こちらから何かを伝えようとしても、それはたぶん伝わってないんじゃないかと思う。話しかけてみたことはあるけど、答えてもらえたことはないな。眠れば霊から情報を得ることはできるけど、それもただ霊が発したものを受け取るだけで、一方通行っていうか……」

霊には、何か思い残した、誰かに伝えたいことがあるのだろう。だからその場にいるのだろう、と俺は思っている。しかし、霊は一方的に自分の記憶をヴィジョンとして視せてくれることはあっても、こちらからの質問や要求に答えてくれたことはない。

霊たちは俺個人に何かを伝えようとしているのではなく、ただ、誰かに知ってほしくて、不特定多数に向けてメッセージのようなものを送っていて――霊にそんな意思があるのかどうかさえ、俺には確認の仕様がないが――それを、たまたま俺が拾えることがあるというだけなのだろうと、俺は認識している。もしかしたら、俺にメッセージが届いたということ自体、霊にはわかっていないのかもしれない。世の中には霊と対話のできる人間もいると聞くが、俺の場合は、霊と自分の間には断絶があると感じていた。

「俺には、そこにいるってことが視えるだけで……えーと、霊と俺とは、違う次元にいるみたいな……交わらないところにいるみたいな、そういう感じ。視えるからって、意思疎通ができるわけじゃない。まあ、そこにいる、ってこと自体が一つの情報なわけなんだけど」

「そこにいるってことはつまり、そこで死んだ、ってことなのかな」

「うん、そういうことが多い。俺に視える霊は、死んだ場所にいることがほとんどなんだ。霊は一般的にそういうものなのか、ただ単に、俺にはそういう霊しか視えないってだけなのかは、自分以外の『視える人』と話したことがないからよくわからない」

「ほとんど、っていうことは、そうじゃない霊もいる？」

「たまに。昔、自分が埋められた場所のすぐそばに立っている霊を視たことがあるよ。つまり、遺体の遺棄現場に。だから霊は死んだ場所だけじゃなく、遺体のある場所に現れることもあるんだなってわかったけど、普通に生活していたら、遺体が遺棄された場所を通りかかることなんてそうそうないだろ。だからほとんどの場合、霊がいる場所はその人の死んだ場所ってこと」

「ちゃんと埋葬されている場合は、遺体がある場所でも霊は現れないってことだね」

「あ、そうだな。お墓なんかでは見かけない。……ほかにも、人に憑《つ》くとか物に憑くとか、いろんなケースがあるんだろうけど、俺に霊が視える場合は、基本的には死んだ場所か遺棄された遺体がある場所か、どっちかだな」

だから、そこに霊がいること自体が、一つの重要な情報になる。その場所でその人が死んだか、もしくは、その場所にその人の遺体があるということだ。しかし、それだけでは、その人がどんな風に死んだのか、何故死んだのかまではわからない。

「死んだ人が全部霊になるなら、この世には数えきれない霊がいるだろ。生きている人間の数より多いはずだ。でも、あなたの視界に霊が溢れ返っているわけじゃないよね。視える霊と視えない霊の違いは何なんだろう」

「うーん、俺にもそれはわからないんだけど、あんまり昔の霊は視えないっぽいな。何年前に死んだ人まで視えるのか、とかもはっきりしないけど、たぶん霊にも体力というか耐久力というか……あ、寿命？　みたいなものがあるんじゃないかな。あまり時間が経つと消えちゃうとか……少なくとも、俺には視えなくなるんだと思う。あと、波長が合う合わないもあるみたいだ。心霊スポットって言われてる場所に行っても、何も視えないこともあるし」

俺は塗り椀の内側に貼りついた味噌汁のわかめを、箸で剝《は》がして口へ運びながら答える。

「そういえば……この間、一度は視えた霊が、突然視えなくなったことがあったんだ。そんなこと初めてだったからびっくりした」

「成仏したってこと？」

「いや、それならわかるんだけど、次の日行ったらまた普通に視えたんだ。同じ場所に立ってた」

楓はその謎に興味を持ったようだ。おにぎりを持った手を下ろし、考えるそぶりを見せる。

「それは、あなたに視えなくなっただけで、そこにいることはいるの？　それとも、霊そのものがいなくなったってことなのかな」

「断言はできないけど……たぶん、いなくなったんだと思う。一時的に」

ヴィジョンが突然途切れたあのときに、たぶん霊そのものも消えたのだ。そして、翌日には戻ってきた。

そんなことがあるのだろうか。しかし実際にあったのだ。

「その霊が現れるかどうかは、日によって違うっていうことかな。何か条件があるのかも。たとえば、毎月、本人の死んだ日、つまり月命日にのみ現れるとか、水曜日にだけ現れるとかいうようなこと」

「けど、最初にその霊を視た日は、ちょっと前まで視えてた霊が、眠って起きたら突然視えなくなったんだ。眠りながら視ていた霊の記憶のヴィジョンが、ぶつって途中で切れて、目を覚ましたら、霊がいなかった」

俺が言うと、楓はすぐに答える。

「それなら、時間によるのかな」

「時間か……」

それはあるかもしれない。俺が最初にカサノ陸運で霊を視たのは、午後六時半頃だった。会社のソファで眠り、目が覚めたのが、八時十五分頃だ。そのときには霊はもういなかったが、翌日六時頃に再度訪ねたときは、霊は前日と同じ場所に立っていた。その日俺は七時頃までカサノ陸運にいたが、霊は消えなかった。

霊は、午後七時から八時十五分くらいまでの間に消えた。それはあの日にだけ起きたわけではなく、いつもそうなのかもしれない。ヴィジョンが消えてすぐに俺が目覚めた、ということを考えると、おそらく八時過ぎ頃までは、霊はあそこにいたのだ。

現れたり消えたりするのがランダムではなく、一定の時刻になると消えるという法則があるのだとしたら、そこには理由があるはずだ。それが犯人を見つけることにつながるかどうかはわからなかったが、気になった。それに、どこで何がヒントになるかはわからないものだ。

「そうだな。時間によるのかもしれない。調べてみるよ」

俺は楓にそう言ってから、玉子焼きを一つ口に放り込んだ。

今日はこの後で智子を訪ね、自宅にある笠野の私物を見せてもらうことになっている。その後でカサノ陸運へ寄ってみよう。幸い、鍵は朽木から預かったままだ。七時から八時の間に部屋の中にいれば、消える瞬間を目撃できるかもしれない。

「今日、調べに行くの?」

「ああ、この後すぐは用事があるけど、それが終わったら行ってみる。霊が消えたのは夜八時過ぎくらいのことだったから、時間的にもちょうどいいよ。アドバイスありがとな」

俺が出汁《だし》の効いた程よい甘さの玉子焼きを飲み込み、これうまいなあ、と感嘆していたら、すかさず、楓が提案した。

「夕食も食べに来なよ、調査が終わってから。遅くなってもいいから」

「すみれさんに頼んで、あなたの分も作ってもらうから。ちょっとだけ寄って、食べていけばいいよ」

「いや、でも、さすがにただ飯のために寄らせてもらうっていうのは……」

「家庭教師の先生が生徒の家で夕食を食べるのは、おかしなことじゃないよ」

まあ、それはそうだ。勉強を教えた後で、そのついでに食事をする、ということが珍しくないのであって、夕食だけ食べにくるというのは、よほど親しい間柄でもなければ考えにくい気がするが。申し出自体はありがたいので、俺は少しの間考える。楓はじっと俺を見て、返事を待っている。

「言っておくけど、事件のことは話せないぞ」

何度目かの釘を刺した。楓は、わかってるよ、と熱心に頷いた。

楓は探偵の業務と同じくらい、俺の能力についても興味を持っている。時間帯によって霊が出現したりしなかったりするという説について、検証結果を知りたいのだろう。

具体的な情報を伏せ、霊の視え方などについて話す分には問題はないはずだ。先入観のない楓の意見は、参考になるかもしれない。

「じゃあ、お言葉に甘えて、夕食もごちそうになろうかな」

「うん」

楓は頷き、食事を再開した。表情はあまり変わらないが、心なしか嬉しそうに見える。俺を見てから、大皿の上にのった玉子焼きを目で示し、もう一つ食べていいよ、と言った。

ありがたくいただく。

＊

笠野俊夫の私物は少なかった。衣類はクローゼットの左奥と引き出しの下の二段分にまとめられ、靴は二足が玄関脇の靴箱の中にある。それ以外の私物は、段ボール二個におさまる量だ。俺に渡すために智子がまとめておいてくれたのかと思ったら、失踪後一年ほど経った頃、戻ってくることはないだろうとあきらめて、処分するつもりで箱に詰めておいたものだという。

「家にある、旦那のものはこれくらい。会社にもうちょっとあるかもしれないけど、私は知らない」

好きに見て、と言って智子はベッドに腰かけ、雑誌を開いた。面倒臭そうなのを隠しもしない。

「ご主人の持ち物で、失踪の後なくなっているのに気づいたものはないですか」

「さあ、特には……財布とか携帯とか、あの人が持ち歩いてたものくらいじゃない」

「衣類はどうですか？」

「あの人のワードローブなんて把握してない、っていうか気にしたことないもの。でも、ごっそり服が減ってるなんてことはない。当日着て出た服がなくなってるだけだと思う」

今は智子が一人で住んでいるこの自宅は、ファミリー向けの分譲マンションの一室で、名義は彼女の父親のものらしい。父親の好意で娘夫婦に貸しているものなので、笠野の失踪後も、彼女がこの家を追い出される心配はないそうだ。

夫が失踪しても智子の生活に影響はない──少なくとも経済的には、ほとんど痛手を受けていないようだった。精神的にも、見る限りダメージはなさそうだ。そう見えるのは笠野の失踪から二年も経っているからで、失踪当初は彼女も落ち込んだり心配したりしていたのかもしれないが、今の智子は夫を案じているようには見えなかった。

俺は、写真でしか顔を見たことのない笠野俊夫が、少し気の毒になる。何者かに殺されて遺体を遺棄され、その事実を誰にも知られていないうえ、家族にすら心配されていないなんて。せめて、見つけてやりたい。

彼が自分の意思で失踪したり自殺したりしたのではなく、殺されたのだと知ったら、智子の夫への思いも、変わるだろうか。

無言で雑誌のページをめくっている智子の横で、俺は袖をまくり、笠野の私物チェックを開始した。まずは衣類のポケットを一着ずつ確認する。名刺やレシートなど、交友関係や失踪前の行動がわかるようなものを期待したのだが、何も見つからなかった。

靴は、玄関へ行って見せてもらったが、特別汚れているとか特徴的な磨り減り方をしているとか、気になるところはなかった。

段ボールに詰められた雑貨類も、新古書店のシールの貼られた文庫本や、ペン、折り畳み傘、ハンカチなど、他愛もないものばかりだ。念のため文庫本の中身も確認したが、書き込みなどはない。

「手帳の類が見当たりませんね」

「スケジュールとかは、携帯にメモしてたんじゃない？　手帳は持ってたかもしれないけど、知らない。持ってたとしたら、財布とかと一緒に持ち歩いてたんでしょ」

財布や携帯電話は見つかっていないそうだから、笠野が身に着けたまま失踪した——遺体と一緒に埋められているか、犯人に処分されたと考えるのが妥当だ。手帳もそうかもしれない。

俺は取り出して床の上に並べていたものを箱へと戻しながら、智子を振り返って尋ねた。

「ご主人は失踪した当日、誰かと会う予定だったんですよね。遅くなると言っていたということは、夜か夕方に会っていたんだと思います。その人が、ご主人を最後に見た人ということになると思うんですが、それが誰か心当たりはないですか。小さなことでもいいんです」

智子は膝の上に雑誌を広げたまま首を横に振る。

「前にも言ったけど、何も聞いてない。仕事関係の人とかだったら、名前を聞いてもわからないから、あの人もわざわざ言わなかったんだと思う」

「人と会うと言ったとき、ご主人はどんな様子だったか覚えていますか。憂鬱そうだったとか、明るかったとか」

「特に……いつもと変わらなかったと思うけど、覚えてない。元気がないのが普通っていうか、いつものことだったし」

「……そうですか」

俺は私物を全て箱に戻し、立ち上がった。ちゃんと顔が見えるように、智子のほうへ向き直る。智子も、雑誌から顔をあげた。

「確定情報ではないので、まだ詳しいことは話せないんですが……実は、ご主人は失踪した夜、会社で灰色の作業着を着た男性と会っていたという目撃証言があるんです。そう聞いて、何か思いつくことはありませんか」

「元請け会社の制服がわりの作業着が、灰色だったと思うけど……灰色の作業着って、このあたりの運送業者ではよく見かけるの。あの人の会社のロッカーにも入ってたはずよ」

智子は、それがどうしたの、というように答える。その男が夫をどうこうしたかもしれないなどとは、考えてもいないようだ。

「その人があの人の行方を知っているとか、そういう話？」

「その可能性もある、と考えています。少なくとも、その人がご主人と何時に別れたのかがわかれば、ご主人の当日の行動を追いやすくなります」

この様子では、彼女が作業着の男と共犯関係にあるということはないだろう。遺体が埋められたことを知らなかった以上、智子は事件に無関係だとは思っていたが、詳細を知らされないまま犯人に協力している可能性は残っていた。その疑いも、これで晴れた。――俺の目が節穴で、彼女の演技力が特別優れているのでなければ。

「カサノ陸運には、以前、ご主人以外にも従業員がいましたよね。その方も灰色の作業着を持っていますか？」

「……さあ、たぶん持ってたと思うけど」

とたんに、智子の目が泳ぐ。歯切れも悪くなった。

思ったとおりだ。彼女は犯人ではないが、俺に隠していることがある。

「この間連絡先を教えていただいた、木田孝志さんですよね。ご主人の失踪当夜、車を目撃した」

智子は、ばつが悪そうに目を逸らしたままで頷いた。

「そういえば言ってなかったけど、訊かれなかったし、別に今回のことには関係ないからいいかと思って。会社の設立から破綻までの経緯を聞かれたとき、弁護士さんには話してるし」

俺は責めているつもりはないのだが、智子はふてくされたような表情で、言い訳をするように言う。

「あの人がいなくなる半年くらい前にはもう辞めてた人だし、木田くんは何も知らないと思う。その、作業着の男っていうのも木田くんじゃないよ。失踪する前に会ってたんだったら、当然、木田くんが言うでしょ。私、何も聞いてないし」

それは、木田孝志が笠野俊夫の失踪に無関係なら、の話だ。木田が「作業着の男」で、笠野殺害の犯人だとしたら、当夜に会ったことを言うはずがない。しかしここで彼女に反論しても仕方がないので、そうですねと言っておいた。

「その私物、必要だったら持っていって。あの人が失踪してることは皆知ってるから、誰にでも何でも事情を話していいし、調査の方法は任せるから、早く遺体を見つけて。……今日で三日だけど、調査は続けてもらえそうなの？」

「はい。事前調査は三日の約束ですから、今日の調査が終わってから、正式にお返事しようと思っていましたが……ご主人の元請け会社の人たちや、仕事の上で交流のあった人たちにも話を聞いてまわって、新しい情報も得られました。現時点で結果をお約束することはできませんが、たぶん、お役に立てると思います。もうしばらく、調査を続けさせてください」

俺は姿勢を正して答えた。殺人事件の疑いがあるとは、まだ言えない。事件に巻き込まれた可能性がある、くらいのことは言ってもいいかと考えたが、もう少し様子を見ることにした。

行き詰まりを感じているのに、まるで調査が順調に進んでいるかのように言うのは心苦しい気持ちもあったが、俺が調査をやめたら、笠野俊夫の失踪は事件化されないまま終わってしまう。できる限りのことはやってみるつもりだった。

明日、三日間の事前調査の結果を改めて報告し、これからの調査費用の見積もりを出すことを約束して、俺は笠野宅を辞した。


金属製のドアが閉まり、俺はエレベーターに向かって歩き出した。

マンションの廊下には、数メートルの距離を空けて、ドアが二つ並んでいる。各階に二世帯ずつ入っているようだ。

この階のもう一つの部屋の住人なのだろう、中年の女性が、腰を曲げて共有スペースをほうきで掃いていた。通り過ぎながら俺が会釈をすると、彼女のほうも小さく会釈を返してくれる。

どこかで見た顔だと思った。エレベーターのボタンを押し、誰だったかな、と考えていたら、彼女がほうきとちりとりを持ったまま近づいてきて、隣りに並ぶ。

二人一緒にエレベーターに乗り込んだとき、思い出した。昨日、喫茶店で木田と会っていたとき、窓際の席からこちらを見ていた、あの女性だ。木田のことを知っているようだ、とは思っていたが、まさか智子の——笠野夫妻の隣人だったとは。

何と言って声をかければいいのか、迷いながら俺が口を開きかけたとき、

「喫茶店で、お見かけしました」

彼女のほうから、そう声をかけてくる。

「笠野さんの旦那さんのこと、調べてらっしゃるんでしょ。失踪なさった……。警察の方ですか?」

「いえ……俺は探偵です。笠野さんの失踪について調べているというのは、当たりですが」

どうやら彼女は、俺に話したいことがあるようだ。俺は気づかなかったが、智子の住む部屋へ入るのを見られていたのだろう。ほうきとちりとりは廊下へ出る口実で、彼女は最初から、俺が出てくるのを待っていたのかもしれない。

「お隣さんなら、笠野さんについて、色々とご存じのことがあるんじゃありませんか。お話を

聞かせていただけませんか」

「よそのご家庭のことですから……あまり言いふらすのもどうかと思うんですけど。失踪事件の捜査のために必要なら、やっぱりお話ししたほうがいいんでしょうか」

彼女はほうきとちりとりを持った手を胸の前で合わせ、ためらうそぶりを見せる。自分から同じエレベーターに乗っておいて何を今さら、とはもちろん言わず、俺は「是非お願いします」と丁寧に重ねて頼んだ。彼女が気兼ねなく話してくれるなら、喜んで茶番にもつきあおう。

「笠野俊夫さんの失踪の真相を明らかにするために、ご協力いただけると助かります。ご家族の話より、あなたのように冷静な第三者からの情報のほうが役に立つことも多いんです。ええと……お名前をうかがってもいいですか」

「長久保美津子《ながくぼみつこ》と申します。ええ、そういうことでしたら、事件解決のためですものね」

こほん、と上品に咳払いを一つして、美津子はまんざらでもなさそうに話し始めた。

「あそこのご夫婦、あまりうまくいってなかったと思います。お嫁さんのほうが随分若くって、ちょっと派手な感じでしょ。お金持ちのお嬢さんで、このマンションもお嫁さんのお父さんのものだそうですし……ご主人、かなり肩身の狭い思いをしてたんじゃないかしら」

「家出したくなるほど、ですか？」

「さあ、それは私には何とも申し上げられませんけど……」

エレベーターが一階に着いた。ドアを押さえて、美津子の後から俺も降りる。

「夫婦喧嘩の声が聞こえてきた、なんてことはありましたか？」

「そういうのはありませんでしたけど。あのご主人、奥さんと喧嘩なんてするような感じじゃありませんでしたし」

そのまま、玄関ロビーにある簡単な待合いスペースに移動して、向かい合って座った。美津子は一人掛けソファの側面に、ちりとりとほうきを立てかけて置く。両手が自由になると、身ぶり手ぶりも交えて、話にますます熱が入った。

「でもね、誰かが遊びに来ていたりすると、お隣だから気づきますよ。ドアの開く音とかチャイムの鳴る音とか、歩く音なんかでね。大声で話せば、たまに声が聞こえることもあるし……奥さんは社交的な人みたいで、今も、よくお友達が遊びにいらしてますよ」

お友達、と言ったときの、どこかわざとらしい口調から、彼女が何を示唆しているのかはすぐにわかった。

「智子さんには、恋人がいるんですね」

美津子は、大きく頷く。

「ご主人がいなくなる前から、おつきあいがあったみたいですよ。よそのご家庭のことですから、首をつっこむのもね、品がないと思って黙ってましたけど。ご主人も気づいていたんじゃないかしら」

笠野が、妻の不貞に気づいていた。隣人である美津子も、智子の恋人の顔を知っていた。そこまで聞いて、やはりと確信した。

「俺が昨日喫茶店で会っていた、彼ですね。髪が茶色で、体格のいい」

「あら、ご存じでしたの。そうですよね、探偵さんですものね」

さすがだわ、と大袈裟なほどの尊敬のまなざしを向けられる。

俺が木田と会っていたのは別の理由で、そのときは二人の関係について何も気づいていなかったのだが、わざわざ訂正することもないので笑顔だけ返しておいた。

この年代の女性から話を聞き出すのは、割と得意だ。俺が美津子の観察眼と記憶力を誉め、適当なところで感謝の言葉を交えながら促すと、彼女の口はますますなめらかになり、色々なことを話してくれた。

美津子によると、会社設立の段階から智子の両親に援助を受けていた笠野は智子に頭があがらず、若い従業員と妻の不倫に気づいていたはずだが、表立って咎《とが》めることもできずにいたらしい。智子は会社経営にはかかわっていなかったから、夫が苦しそうなときでも構わず、親と旅行に行ったりして、そこそこ優雅に暮らしていたそうだ。

起業時にすでに出資を受けていた笠野は、それ以上妻の実家には頼れず、妻と悩みを分かち合うこともできず、一人きりだったということだ。仕事のうえでも、家庭でも。

「旦那さんが蒸発？　失踪？　したって聞いたときも、無理もないなと思いました。誉《ほ》められたことじゃないんでしょうけど、逃げ出したくなるのも、わかる気がしますよ。自殺なんてしていないといいんですけど。せめてどこかで、生きているならね……」

智子が探偵を雇ったのも夫を心配してのことだとは思えない、夫を見つけてさっさと離婚したいとか、そういう理由ではないか――と、美津子は辛辣《しんらつ》な私見を述べた。彼女にとって、智子の印象はあまりよくないらしい。

そして、その私見は的外れとも言えない。少なくとも俺が雇われた理由は、当たらずとも遠からずだった。しかし、美津子の印象はどうあれ、これまでの調査で智子はすでに容疑者から外れている。

しかし、彼女の恋人は別だ。美津子の言うとおり、笠野が妻の不貞相手を知っていたのだとしたら、話をするために、木田を会社に呼び出したとしてもおかしくない。

笠野と木田には、二人きりで会う理由がある。

＊

カサノ陸運には、五時半頃に到着した。

ドアを開けて中へ入る。

笠野の霊が、ひっそりとソファの近くに立っている——はずだった。

が、室内に霊の姿はなかった。

予想外の展開に、俺は入口に突っ立ったまま固まる。八時過ぎになるまでは、霊はここにいるのではなかったのか。

一瞬混乱したが、室内を見回し、楓の話を思い出した。楓は、笠野の霊は時間によって現れたり消えたりするのではないか、と言っていた。俺は消える理由ばかりを気にしていたが、一定の時刻になると霊が消えるのなら、現れるのも、一定の時刻になったときと考えるのが自然だ。つまり、まだ、霊が現れる時間にはなっていない――あの霊がこの部屋にいるのは数時間の間だけ、ということだろう。

以前俺が六時半頃にカサノ陸運へ来たときには、霊はすでにここにいたから、楓の説が正しければ、もうじき姿を現すはずだ。

スイッチを切った状態の作業ライトを応接セットのテーブルの上に置き、しばらく待つ。部屋の中を捜索をしながらでもよかったが、できれば現れる瞬間を確認したかったので、ソファに座って、昨日霊が立っていたあたりに目を向けて待った。

果たして、時計の針が五時五十五分を指したとき、霊は現れた。すうっと空気の中から湧き出るように、昨日と同じ場所――ソファと出入口のドアを結ぶ線上に、ぼやけた輪郭が浮かび上がる。

まずは、出現を確認できたことにほっとした。この霊が一昨日と同じように八時から九時の間に消えたら、決められた時間に現れ、決められた時間に消えるという説は正しいと考えていいだろう。

今から霊が消えるはずの時刻まで二時間以上ある。今度は、室内を調べながら待つことにした。

卓上カレンダーは二年前のものがそのまま残っていた。笠野が失踪した日付には「17：00～」とだけメモがあったが、誰と会う予定だったのかは書かれていない。

ロッカーを開けてみると、襟つきのジャケットが掛かっていた。作業着は見当たらない。ポケットから滑り落ちたのか、ロッカーの中にコンビニのレシートが落ちていたが、失踪する三か月も前に、おにぎり二個とカロリーバーを買ったことがわかっただけだった。

具体的な収穫を期待してロッカーを開けたわけではなかったが、あると思っていたものがないと、引っかかる。俺はロッカーの扉を閉め、戸棚や、雑多なものが放り込まれている段ボール箱の中も漁ってみたが、作業着は見つからなかった。

智子は、カサノ陸運のロッカーに笠野の作業着があるはずだと言っていた。花咲運輸の従業員たちは皆作業着を着ていたし、このあたりの運送業者は大体同じような作業着を着ていると言っていたから、笠野も一着は持っていたはずだ。それが、見当たらない。

ヴィジョンの中で見た遺体は作業着ではなく、ポロシャツのようなものを着ていた。笠野は殺されたとき作業着を着ていなかったということだ。それがないということは、犯人が持ち去ったのかもしれない。

たとえば、自分の着ていた作業着を汚してしまって、着替えが必要だったとしたら、その行動は理解できる。笠野を殺害したときに血がついてしまったか、そうでなくても、犯人が笠野の遺体を埋めた後、服は土で汚れていただろう。遺体を埋めると決めたときから、そのときの着替えのために、カサノ陸運にあった作業着を持ち出しておいて、山から下りた後で着替えたのかもしれない。もともとよく似た灰色の作業着姿だったのだから、カサノ陸運から持ち出したものに着替えても、人に怪しまれる心配もない。土で汚れた自分の作業着は、持ち帰って洗うなり、処分するなりしてしまえばいい。

もしくは、山に入る前に、汚れても構わない笠野の作業着に着替えておいて、「作業」が終わってから、車に積んでおいた自分の作業着に着替えて逃げたということも考えられる。いずれにしても、笠野の作業着は、犯人によって持ち出された可能性が高かった。

しかし、犯人が今も同じ作業着を手元に置いているとは思えない。持ち出された作業着から犯人を特定することは期待できない。

作業着がなくなっているとわかった以外に、収穫らしい収穫はなかった。前にも一通り簡単に調べているから、捜索はあっというまに終わってしまい、俺は時間をもてあますことになった。八時頃まで外で時間を潰してくることも考えたが、万一その間に霊が消えてしまったら、今日ここへ来た意味がなくなる。

最後はソファに座って、霊を眺めながら待った。

そして、八時を回った頃、霊はふっと、霞《かす》むように視えなくなった。

急いで時計を確認する。八時十二分だ。立ち上がり、室内を見回す。

やはり、消えた――いや、一瞬、ドアの前にかげろうのような空気のゆらめきが視えた気がした。

改めて目をこらしても、そこには何もない。見間違いだろうか。はっきり視たという自信がなかった。

落ち着いて、部屋の隅から隅まで視線を巡らせる。霊はいない。ドアのところにいるのが視えた気がしたのだが――ソファのそばから、霊が移動したのか？

　ドアを開けて、外へ出てみる。見回して、建物の前に停められたワゴン車の前に、曖昧な輪郭が立っているのを見つけた。

　室内から消えたと思った霊が、今度は、外にいる？

　もう一度建物の中に入って確かめてみたが、室内に霊はいない。ということは――霊は消えたのではなく、室内から車の前に移動したということだ。

　室内に現れた霊が、一定の時間になると消える、ということしか頭になかった。室内から消えた後、その霊がどこへ行くのかには、考えが及ばなかった。こんなことは初めてだが、霊の行動には何か意味があるはずだ。これが何かのヒントになるかもしれない。俺は興奮を抑えながら、また外へ出る。

　車の前にいたはずの霊の姿は視えなくなっていた。慌てて車のそばまで行き、ぐるりと回ってみる。また消えてしまったのかと焦ったが、車の窓ガラスごしに霊の姿を見つけてほっとした。

　霊は、車の中に移動していた。後部座席で、じっとしている。しばらく観察していたが、今度は、すぐに消えるということはないようだった。

　もしや、車の中を調べろというメッセージだろうか。

　俺はその場でスマートフォンを取り出し、朽木に電話をした。車のキーは朽木が管理しているはずだ。

何度目かのコールでつながる。朽木はすでに帰宅していたが、明日の朝一で車のキーを貸してもらえることになった。

朽木に電話している間に、気がつくと霊は車の中から消えていた。

＊

九時を過ぎてから楓の家に着いた。

楓は玄関先で俺の顔を見るなり、

「収穫があったみたいだね」

と看破する。

収穫があったのか、という問いかけですらなかった。確信を持って言うだけ言って、楓はすでに家の中へと踵《きびす》を返し、歩き出している。俺は三和土《たたき》に靴を脱いで追いかけた。

「おまえそれ、どうやるの？　表情読むの。俺にも教えてくれ」

「なんとなくだけど、昨日より血色がよくて、そわそわしてるよ」

楓が、まずは食事にしよう、と言って、俺はそのまま食堂へ連れていかれる。小池は夕食の用意だけして、すでに帰ってしまっていたが、楓は夕食を食べずに待っていてくれたようだ。

俺も荷物を下ろして上着を脱ぎ、支度を手伝った。二人分の茶碗も箸も、すでにちゃぶ台の上に並んでいる。それを両手に持って台所へ行き、楓が味噌汁やごはんをよそうのを、俺が食堂へ運んだ。

二人でちゃぶ台の前に座り、「いただきます」と手を合わせる。メインのおかずは豚の角煮だった。同じタレで煮込んだ煮卵つきで、茹でた青梗菜《チンゲンサイ》が添えてある。それから、玄米の交じったごはんに、なすときゅうりのぬか漬け、大根の味噌汁といった、健康的かつボリュームのあるメニューだ。

「あー、うまい。角煮、好きなんだけど、なかなか食べる機会がないんだよな。やっぱり肉食べると力が出る気がするなあ」

「すみれさんのごはんは何でも好きだけど、僕はどちらかというと、肉より魚のほうが好きだよ」

「へえ、俺が中学生のときなんか、肉ばっかり食べてたけどな。魚料理だと、どんなのが好き?」

「鰯のぬか味噌炊きとか、梅肉煮とか」

「なんだそれ、食べたことない」

「今度また呼んであげるよ」

しばらくの間、他愛もない話をしながら食事をした。楓は箸の使い方がきれいだった。箸先が迷わないし、箸運びが安定している。

角煮と白米が半分程になり、俺の空腹も落ち着いて、食べるペースが少し落ちてきた。楓はそのタイミングを見計らったかのように、ちゃぶ台の横の電気ポットから、盆にのせた状態で置いてあった急須にお湯を注ぎ、ちゃぶ台の上に置いた。そのまましばらく急須を放っておいて、食べ終わり箸を置いたタイミングで、楓が盆から取り上げた湯呑みにお茶を注ぐ。程よく蒸らされた茶葉の香りがふわりと立った。

二つの湯呑みに交互にお茶を注いで、最後の一滴まで注ぎきり、楓は湯呑みの一つを俺の前に置くと、「さっきの話だけど」と口を開く。

「何か、わかったことがあるんだろ。昼間話した仮説が正しいかどうか、確かめられたの？」

その話が聞きたくて呼んだのだろうに、食事が終わるまで待っていたのは、楓なりの気遣いかもしれない。俺も、いつその話題が出るかと思っていた。話すつもりで来たのだ。

カサノ陸運の霊は決まった時間に現れたり消えたりするのではないか、という楓の仮説は正しかった。楓なら、今回の霊の予想外の動きについてもまた、俺には思いつかない解釈を聞かせてくれるのではという期待もあったし、誰かと話したほうが俺自身の考えもまとまる。

「それがさ……」

俺は依頼者や依頼の内容については伏せ、今日あったことを楓に話した。

昨日や一昨日よりも早めの五時半頃にその建物の中に入ったとき、霊の姿は視えなかったが、三十分ほどしたら現れたこと。その後、二時間ほどで消えてしまったように思えたが、一瞬出入口のあたりにいたような気がして追いかけたら、建物を出たところに停められた車の前に霊が立っていたこと。それが室内にいたのと同じ霊なのか確かめるために、一度室内に戻りまた外に出たら、今度は車の中にいたこと。車の中を調べようと、鍵を手配する電話をかけているうちに、霊は消えてしまっていたこと。食後のお茶を味わいながら、順を追って説明する。

時間帯によって、霊の出現する場所が変わる、なんてことは初めてだ。それには意味があるはずだった。楓は黙って最後まで話を聞き、湯呑みを手に持ったまま考えていたが、

「交通事故の多発する道路に幽霊が出る、っていう話、よくあるだろ。あなたなら、実際に視たこともある?」

ふいに、そんなことを言った。

俺は急に話題が飛んだことに戸惑ったが、頷いた。交通事故現場にいる霊なら、視たことは何度もある。たいてい、そんなに長い期間は同じ場所にとどまらず、いつのまにか消えているが、俺にとっては、それほど珍しいものではなかった。

楓は俺に頷き返す。

「僕には視えないけど、事故で死んだ霊が、事故現場に出るっていうのが本当なら――それはちょっと、不思議な気がしていたんだ。事故に遭って、そこで死んだら、その霊は死んだ後すぐ事故現場に現れて、ずっとそこにいるのかな。自分の遺体が運ばれて、病院とか葬儀場とかにあるときも、霊だけはずっと事故現場にとどまっているのかなって。それはちょっと、イメージしにくい気がした」

俺も、交通事故の起きるところを目撃したことはないから、それはわからない。あまり、ちゃんと考えたこともなかった。しかし、楓の言いたいことはわかる。遺体が運ばれていき、家族や縁のある人たちが近くに集まっているのに、本人の霊だけが事故現場にとどまっていると

いうのは、霊の行動として不自然な気がする。霊に、自分の意思で行動することが可能かどうかはわからないし、俺がなんとなくそう感じているにすぎないが、もし俺が死んで霊になったら、ずっと事故現場にとどまりはしないだろうと思った。事故で臨死体験をした人が、病院の天井から心臓マッサージを受ける自分を見ていたという経験を語っているのを聞いたこともある。その話が本当なら、事故で亡くなった瞬間から霊は事故現場から動けない、というわけではないのだろう。おそらく。

「あなたが話していた、霊は遺体のそばに出るとか、死んだ場所に出るとかいう話、それ自体はわかるんだ。死ぬ前の、一番強烈な感情が焼きついた場所、記憶に残る場所って考えると、それが事故現場とか、死んだ場所なんだろうし……でもそれは、霊は最終的にそこに落ち着くってだけで、死んだ瞬間からずっとその場所にしか現れないっていうわけじゃないんじゃないかな。僕が死んで霊になったら、遺体が運ばれていくのに、その場にとどまったりはしないと思う。遺体と一緒に救急車に乗るよ、たぶん。遺体があるうちは、その近くにいるんじゃないかな」

「まあ……俺もそうかな。霊になった後で自由に動けるかどうかって問題はあるけど」

「うん、あくまでイメージだけど。たとえば、遺体と一緒に病院まで行って、葬儀場まで行って、遺体が焼かれた後で、気がつくと事故現場に戻っている……みたいな、そういうことならイメージできる。もちろん、霊にも、生きている人間と同じで、個人差があるんだろうけど……それなら、わかる気がするなって思った。霊がどこに現れるとかそういうことには、理由があるんだよね。それはつまり、霊とその場所に結びつきがあるからで、その場所以上に強い結びつきがある何かが存在するなら、霊は、そっちに引き寄せられてもおかしくないと思うんだ」

地縛霊、という言葉があるくらいだ。場所に縛られる霊はいるのだろう。しかし、楓が問題にしているのは、その霊が、いつからその場所にしか現れなくなるのか、ということだ。そして、その理由だ。

「場所に縛られる霊は、その場所に一番思いが残っているか、最後の記憶が焼きついたその場所以外に、縁のあるものが失われているかで……死んだ場所と同じか、それ以上に強く霊と結びついたものがあるのなら、霊は必ずしも、死んだ場所に常にとどまっているわけじゃないってことか」

「そういう霊もいるかもしれないってこと」

人が死ぬと、霊は、最も強く結びついた存在である遺体と一緒に移動する。遺体がなくなると――きちんと弔われ火葬されて、よりどころとしての役目を果たさなくなると、遺体のかわりに、強い思い入れが残る場所に引き寄せられ、そこに現れるようになる。その考え方は理解できる気がした。確かめたわけではないが、ごく自然に受け入れられる。

それでね、と楓は湯呑みを持ち上げ、一口飲んでから言った。

「あなたが視た、霊の……その人の体は、建物の前に停まっていたっていう車に乗せられて運ばれたんじゃないかな」

ドキリとする。

依頼人のことはもちろん、失踪した人間の遺体を捜してほしいという依頼内容自体、楓には話していない。それでも、彼はごく簡略化された俺の話から、その結論を導き出したらしい。

しかし、言われてみれば、なるほどと思った。あの霊は消えたのではなく、移動していた。建物の中から、外へ。車の前へ行き、中へ。その後は、どこに行ったのか――あの動きには意味があるはずだと思っていたが、指摘されてみれば、何故気づかなかったのかと思うようなことだった。あれは――遺体が動かされたとおりに、霊も動いていたのか。

「霊が現れた、午後六時前……その時間に死んで、霊になって……午後八時過ぎに運び出されて、車に乗せられた……」

「たぶん、そういうことじゃないかな。まだ、遺体がきちんと弔われていないのかもしれない。だから、死んだ場所と、遺体のある場所を、行き来している。時間どおりにその日起きたことをなぞるみたいに」

笠野の霊は、毎日、自分が死んだ時間に現れ、遺体が車に乗せられた時間に、車の中へと移動し――その後も、自分の体が移動させられたルートをたどって動いているのか。だとしたら。

「何か、道が拓《ひら》けたって顔してるね。僕じゃなくてもわかる」

俺の顔を見て、楓が言った。自分の一言がヒントになったとわかっているのだろう、どこか満足げな表情だ。

「ああ、まだわからないけど、行き詰まってたとこ、一気に突破できるかも。ありがとな。早速確かめてみて、楓の推理が正しかったかどうかは後で報告するよ。事件の顛末とかは、言えないけど」

手がかりを見つけたことに興奮していたが、あっさりと楓が指摘した事実に、俺は気づかなかった。それを思うと、複雑な気分になる。

俺は、楓がこちらを見ているのに気づいた。おそらく表情に出ていたのだろう。ごまかしても仕方がないので、正直に打ち明けることにした。

「楓のほうが探偵に向いてるかもな。突破口が開いたのは嬉しいけど、プロとして、ちょっと自信なくすなあ」

「外から見るとすぐわかることが、渦中にいると見えないってこともあるよ。そんなに気にしなくていいんじゃない」

さらりと慰められて苦笑する。中学生に、フォローまでさせてしまった。

「そうする。でもほんと助かった。また何かあったら意見を聞かせてくれ。俺ももうちょっと頑張るよ」

「あなたの足りないところを僕が補えるなら、僕を助手にすれば解決するよ」

それは、検討に値するかもしれない。そう思ったが、相手は中学生だ。大人になったらな、と返すと、楓は不満げだった。

一緒に食器を洗って、羊羹《ようかん》を切ってもらい、もう一杯お茶を飲んで、来週の約束をして帰る。玄関で「頑張ってね」と見送られた。

明日はきっと正念場だ。

＊

翌朝、俺は朽木から車のキーを借り、カサノ陸運へ行って車を調べた。

笠野の失踪直後に花咲運輸の駐車場で見つかったそのワゴン車は、その後カサノ陸運へと戻されて以来、そのままになっているという。車検はまだギリギリ切れていないが、中古車で走行距離がかなりあり値段がつかないため、会社の清算手続きにおいても換価される予定はないそうだ。どのみち廃車にするしかないものだから、ということで、特別に、朽木から動かす許可を得ることができた。

車内をくまなく調べたが、血の痕《あと》など、事件を示唆するようなものは見つからなかった。毛髪は落ちていたが、これが笠野のものだとしても、車の持ち主の髪が落ちていたところで何の証拠にもならない。

こちらには、はなから期待していなかったから、失望もしなかった。メインはあくまで、笠野の霊だ。

念のため建物の中も覗いてみたが、室内に霊の姿はなかった。彼が現れるのは午後五時五十五分だと、もうわかっている。そしてその二時間十七分後には、霊は車へと移動するはずだった。

霊が室内から車の前へ、次に車の中へと移動したのが、室内で殺されて遺体が車に乗せられたためだとしたら――あの霊が、死体が移動させられた経路をたどっているのだとしたら、車に乗った後は山へと向かうはずだ。

俺がこれまでに視てきた限りでは、霊は基本的に、死んだ場所か、遺体のある場所にいた。それが、縁があったり未練があったりする場所やもののそばに現れていたということなら、死んだ場所と遺体のある場所を行き来して、その両方に現れる霊がいてもおかしくない。俺が自分で視たわけではないが、死んだことに気づかず、自分が死ぬ前の行動を延々と繰り返す霊がいる、という話を聞いたこともあった。

楓の推理が正しいとして――俺はすでに、その点についてはほとんど疑いを持っていなかったが――笠野の霊が何故そんな行動をとるのかまではわからない。俺に、あるいは誰かに気づいてほしくてそういった行動をとっているのかもしれないし、意思などなくただ機械的に、死んでから埋められるまでの道のりをたどることを繰り返しているのかもしれない。いずれにしても、霊が、死んだ場所から遺体のある場所まで決まった時間に移動することを繰り返しているのだとしたら、霊の後をついていけば、遺体のある場所までたどりつくことができるはずだった。

俺は一旦カサノ陸運を出て、智子に連絡し、これまでの調査結果を報告した後、今日、山へ入るつもりだと伝える。タイムチャージと経費についても、了承を得た。匿名の情報提供者からの情報で、失踪当夜に山に入った男性がいたらしいとわかった、と伝え、一度目の捜索で見つかるとは限らないことも念押ししてある。

それから、ホームセンターのアウトドアコーナーで、山へ入るために必要な装備を調達した。まず防水タイプのウェアと靴を買い、懐中電灯は、自前のランタン型のものを使うつもりだったが、手が空いていたほうがいいと店員に勧められて、ヘッドランプを購入する。山から下りるとき迷わないための命綱として登山用のザイルと、遺体を掘り起こすかもしれないので、リュックに入る組み立て式のシャベルも軍手と一緒に買った。

緊張感と高揚感が、入り混じっていた。

着替えて準備を整え、日が暮れてからカサノ陸運へ戻る。建物の前に停まったワゴン車に、携行缶で持ってきたガソリンを入れた。二年も放置していた車だからエンジンがかからないかもしれない、という可能性に、全ての準備を整えた後で気がついてヒヤリとしたが、試しに鍵を差し込んで回してみると、ちゃんとエンジンがかかる。ほっとして、シャベルや発煙筒やペットボトルを詰め込んだリュックを助手席に置き、建物の中へ入った。

霊はすでに現れて、室内に佇んでいる。

俺は作業用ライトをテーブルに置いてソファに座り、時間が来るのを待った。

八時を過ぎたところで立ち上がり、霊の移動に備える。

時計の針が八時十二分を指した。霊がわずかに揺らぎ、一瞬、消えたように視える。しかし、気をつけて目で追うと、うっすらとぼやけた輪郭が、ドアに向かってゆっくりと動いているのがわかった。

後を追って外に出ると、霊はやはり車の前にいた。

車に乗り込み、エンジンをかけて少し待つ。振り向くと、霊は後部座席へと移動していた。逸る気持ちを抑えて、アクセルを踏む。ここまでは、昨日も確認できていた。問題は、ここからだ。

車が動き出す。敷地を出る前に振り向いて確認したが、霊はちゃんと、後部座席に乗っている。

事件当夜をできるだけ正確に再現したかったが、犯人の車がどれくらいのスピードで走ったのかまではわからない。赤信号で停止するたび後部座席を振り返ってみたが、霊は消えたりはしなかった。制限速度をきっちり守り、このままのスピードで走れば、花咲運輸に着くのは九時前になるだろうか。

山へと向かう上り坂に差しかかり、花咲運輸の若い従業員の話を思い出す。彼は、夜、駐車場の山頂側に立っている霊を視たが、いつのまにか消えてしまったと話してくれた。

それはやはり、笠野の霊だったのだろう。あの従業員はおそらく、霊が駐車場から森の中へ移動するところを目撃したのだ。彼は、霊を視たのは九時過ぎだったと言っていた。それなら、それくらいの時間帯に花咲運輸に着いていれば、ちょうど霊が森へ入っていくタイミングと合うはずだ。いや、彼は正確な時間を覚えていないようだったから、少し早めに着いて待機していたほうが安全か。

どうしようか迷って、スピードを落としたり上げたりしたが、結局最後に少しスピードを上げて、九時ちょうどに花咲運輸に着いた。事件の翌朝笠野の車が停まっていたと村井に聞いた、山頂側の駐車スペースに車を停める。急いで車から降りたが、霊はまだ後部座席にとどまっていた。よかった。少なくとも、消えてはいない。

今のうちにとリュックを背負い、ヘッドライトを装着し、命綱の登山用ザイルをフックでベルトにつないだ。森に入ればほぼ暗闇だろうから、光源は多いほうがいい。ヘッドライトだけでなく、ランタン型の作業用ライトも持っていくことにした。手を塞《ふさ》がないよう、リュックの側面にフックで吊るす。

準備を終えてから目を向けると、霊が車の外に出ていた。

ぼやけた輪郭が、ゆっくりと森の中へと入っていく。思ったとおりだ。

夜の山に足を踏み入れることにまったく抵抗がないわけではなかったが、それよりも、遺体を見つけられそうだという期待感に胸が高鳴った。準備は無駄にならずに済みそうだ。

山の上、それも森の中で携帯電話が通じるかどうかわからないので、「今から山に入る」とだけ、朽木にメールを送る。

そして、覚悟を決めて、霊の後を追い、ロープを跨いだ。

駐車場から見上げたときは登るのが大変そうだと思ったが、登るにつれて傾斜はなだらかになっていた。もっと急な斜面を登ることを覚悟していたから、思ったほどではなかったことにほっとする。とはいえ、大の大人の遺体を運びながらだと相当にきつかっただろう。俺は、足元の地面から、先を行く霊へと視線を移した。

あの霊は、成人男性の遺体を担ぐなり引きずるなりしてこの山を登っただろう事件当夜の犯人と、同じスピードで移動していることになる。人一人分の重さというハンデの分、霊の移動速度はゆっくりで、俺が時々止まって水を飲んだり、休憩したりして少しくらい距離が離れてもすぐに追いつけたが、山道は歩きにくく、俺は何度も滑りそうになった。転ばないように、そして霊の姿を見失わないように、気をつけてついていく。

山の奥へ進めば進むほど、空気は湿り気を帯びてくる。今日も昨日も天気がよく、ここ一週間雨は降っていないはずだが、足元の草も湿っているように感じた。

何より、暗い。駐車場には灯りがあったし、月も出ていたのでそれほど暗いとは感じなかったのだが、森の中は木が生い茂っているせいか月や星の光が入らず、想像していた以上に闇が深い。ライトの光の届く範囲は見えるが、その先は塗りつぶされたように黒かった。

目的地がどこなのか、あとどれくらい歩けばいいのかわからないというのもあって、じわじわと不安が湧き出してくる。遭難しないよう準備万端で臨んだつもりだったし、森に足を踏み入れたときは、夜の山を一人で歩く恐怖より、期待から来る高揚のほうが勝っていたのだが。

かなり歩いたな、と思って振り返ったら、後ろは真っ暗で、闇の中へとザイルが伸びていた。もう振り向かないことにする。何も考えず、前を行く霊の姿と足元だけを気にして、黙々と歩いた。

歩いているうちにザイルが伸びきってしまったので、端を近くの木の枝に結びつけ、そこから先は、数メートルごとに木の枝にカラーテープの目印を結びつけながら進んだ。こんなこともあろうかと、用意してきてよかった。下りるときは、このテープが目印になる。

テープも尽きてしまったらいよいよ遭難の危険があるが、犯人だって、それほど長くは歩かなかったはずだ。遺体を運びながら山を登るのは重労働だし、夜のうちに遺体を埋めて現場から離れなければならなかったのだから。

テープを結ぶため、手頃な枝へ手を伸ばして、気がついた。

ちょうどつかもうとした木の枝の先が、折れている。

昨日今日折れたものではないようだ。ライトを当ててみると、折れた跡は乾いて、すっかり色が変わっている。数メートル先へライトを向けると、ほかにも、枝の折れた木が見つかった。

とりあえず、折れた枝にテープを結んで、また少し歩く。注意して見てみると、そんな木が何本もあった。

俺の歩いている道なき道に沿う形で、枝の折れた木が続いている。

強風で枝が折れることもあるだろうが、こんな森の中だ。それに、ちょうど大人が手を伸ばして簡単に手が届く――折りやすい位置にある枝ばかりが、たまたま風で折れるとは考えにくい。誰かが、下山の際の目印にするために折ったのではないか、と思い当たった。つまり、俺と同じように、この道を歩いた人間がいるということだ。

間違いなく、かつて遺体を埋めに来た誰かだろう。先に立って案内してくれる霊について登っているのだから当然なのだが、正しい道を来ていると確認できて、不安に浸食されかけていた心に希望が戻った。
三、四十分は歩いただろうか。傾斜は登り始めと比べると格段に緩やかになっていたが、あるところからほぼ平坦と言っていいくらいになり、そこから数メートル登ったところで、前を行く霊が動きを止めた。木の間隔が比較的広くあいた場所で、上から月明かりが射している。
霊はそこに止まったまま、消える気配はなかった。カサノ陸運にいたときと同じように、静かに佇んでいる。その足元のあたりには、草があまり生えていなかった。落ちた葉が積もってはいたが、比較的簡単に掘れそうだ。

どうやら、たどりついたらしい。

俺は急いでリュックをおろし、組み立て式のシャベルを取り出した。半ば確信を持って、霊の足元を掘り始める。大して掘り進まないうちに、青いものが見えた。シャベルの先で土をかきわけるようにすると、ブルーシートに包まれた何かだということがわかった。シートは泥まみれで、ところどころ擦り切れている。まるで、地面を引きずられたかのように。

――見つけた。

シャベルを置いて、それを穴の中から半分ほど引き出し、そっとシートをめくってみる。衣服の袖の部分が見えた。時間が経過しているからだろうか、予想したような強烈な臭いはない。

一度手を合わせてから、もう少しシートをめくると、ジャケットに包まれた腕と、ミイラのようになった手の甲までがあらわになった。

もう、それ以上見る必要はない。俺の仕事はここまでだ。後は警察の仕事だった。

スマートフォンを取り出したが、圏外だ。わずかに中身が——遺体の腕だけが露出しているブルーシートの塊を、スマートフォンのカメラで撮影する。

めくれたシートを元に戻し、シャベルをしまい、リュックを背負って歩き始めた。今度は下りだ。より一層、足元に気をつけて、目印のカラーテープを確認しながら進む。

ヘッドライトの光が届くうちに振り返ってみると、霊はまだ、ブルーシートに包まれた遺体のかたわらに立っていた。

*

スマートフォンの電波が届くところまで下りてすぐに、朽木に連絡をした。

深夜だったにもかかわらず、朽木はすぐに駆けつけてくれ、警察への連絡やその後の対応なども全て引き受けてくれた。

一応、俺が遺体の第一発見者ということになるので、警察が来るまでその場にとどまっていたのだが、朽木に任せておとなしくしているうちに、話は終わっていた。警察と朽木との間で、具体的にどのような話が取り交わされたのかはわからない。守秘義務がどうの、依頼者への確認がどうの、と言っているのが聞こえてきた。

俺は朽木に言われたとおり警察の質問に一言二言答えただけだったが、また改めて話を聞くと言われて、その夜は解放してもらった。疲れていたのでありがたい。犯人以外遺棄場所を知らないはずの遺体を、わざわざ森へ入って掘り当てたのだから、怪しまれて当然と覚悟していたのだが、朽木がうまく説明してくれたらしい。持つべきものは弁護士の友人だった。

翌日警察署に来るようにと言われていたので、その日は帰ってゆっくり休み、翌朝警察署に行く前に、智子に電話で簡単な報告をした。昨夜森へ入ったこと、そこで遺体を見つけたこと。遺体は埋められていたこと。事件性があると判断したため、朽木とも相談して警察に連絡しており、今後智子へも警察から連絡があるだろうということ。

智子はかなり動揺しているようだった。自殺したと思っていた夫の遺体が、埋められた状態で見つかったのだから無理もない。それって殺されたってこと？　どうして、誰が、という彼女の問いに、俺は答えられなかった。警察に発見状況の話をしに行くので、何かわかったらまた連絡しますとだけ言って、電話を切った。

それから朽木の事務所に寄って、警察署へ行った。

取調室ではなく、ついたてのようなもので仕切られたブースに案内される。警察で事情聴取をされるのはこれが初めてではないが、久しぶりなので少し緊張した。

幸い、担当の警察官は特に居丈高《いたけだか》ということもなく、第一発見者である俺を頭から疑ってかかることもせず、あくまで参考人に話を聞く、というニュートラルなスタンスだった。

まさか本人の霊が案内してくれたとは言えないので、朽木の助言どおり、「野犬の掘り返したような跡があったので気になって土をかき分けてみたら見つけた」と説明する。あんな時間に森の中を歩いていた理由については、正直に、遺体を捜していたと答えた。警察署に来る前、智子から依頼を受けていたことについては明かしていいと許可を得ている。

会社の清算人である朽木からの指示と、失踪した夫が自殺したのではと考えていた智子からの依頼を受けて、探偵として、遺体を捜すために森に入った。笠野が夜のうちに山に入ったらしいとの情報を得ていたから、できるだけ本人と同じ条件下で現場を見てみようと思い、夜を選んだ。俺のそんな説明を、警察は一応、信じてくれたようだ。ザイルにカラーテープまで、随分と用意がいいですねとは言われたが、夜の森に入る以上は当然の遭難防止策だと言い訳をした。

一部の警察官にはうさんくさそうな目で見られたが、朽木の助言に従って受け答えをしたからか、先に聞いていた朽木の供述と一致していたからか、少なくとも容疑者扱いはされなかった。供述調書を作るのに二時間かかったが、それくらいは想定の範囲内だ。むしろ早いくらいだった。特に不当な扱いを受けることはなく、また何かありましたらお話をうかがうかもしれません、と若い警察官に丁重に言われて、俺は警察署を後にする。探偵としての任務は果たしたし、自分や朽木が疑われているということもないようだし、一安心だ。後は警察が犯人を見つけてくれるのを待つだけだった。

捜査がどこまで進んでいるのか、遺体に犯人の手がかりがあったのかなどは、もちろん部外者である俺には教えてくれなかったが、智子や朽木には、いずれ何らかの連絡があるだろう。

そして、思ったより早く——取り調べを受けた翌日、朽木が事務所を訪ねてきた。

「あの件で、おまえに取材したいってテレビ局と週刊誌から申し入れがあったぞ。俺が窓口になってるから、一応聞くだけ聞いておくって伝えたが、俺から断っていいか？」

「あー、お願いします」

探偵が顔を知られては商売にならないし、依頼の内容を話すわけにもいかない。当《あ》たり障《さわ》りのない範囲で答え、集客に利用する、という考えもあるのだろうが、万が一にも、マスコミの取材でうっかり口が滑るなどということがあってはならないのだ。最初から、一切取材お断りとしておいたほうが安全だ。

何せ、中学生の楓に表情を読まれるくらいだ。自分を過信しないほうがいい。

その楓の助言もあって、解決はできたが、今回のことは、自分の未熟さを実感するきっかけにもなった。修業が足りないと自覚して、謙虚に、かつ慎重に、経験を積んでいかなければ。

「行方不明者の遺体を見つけたのが私立探偵だっていうのは、ちょっとドラマティックだからな。しばらくうるさいかもしれないぞ。これがきっかけで客が増えればいいけどな」

「いや、今回のことはほんと、運がよかったっていうか……反省点もいっぱいあるんだ。実は、楓にヒントをもらってさ。明日家庭教師の日だから、お礼言わなきゃな」

笠野が自殺したのだったら、俺には遺体の捜しようがなかった。殺された場所が会社でなかったとしても、俺には、彼の霊を見つけることはできなかった。

彼の霊が、死んでから埋められるまでを再現する行動をしていたのも、たまたまだ。解決に至ったのは、偶然、今回のケースが能力を活かせる事件だったからだし、第一、霊の行動が何を意味しているのかも、俺はすぐに気づけなかった。これで過大評価されると辛い。

「でも、朽木さんのおかげで警察にも疑われずに済んだし、事情聴取も早く終わったし、ほんと助かったよ。今報告書作ってたとこ。明日智子さんに改めて報告に行く予定なんだ。犯人が早く捕まるといいけど……それは警察に任せておけば安心だろ。笠野俊夫の死亡は確認できたわけだから、朽木さんの仕事にも、智子さんの保険金受け取りにも、これで支障はなくなったよな」

自分の未熟さについては反省すべきだが、事件の解決自体は喜んでいいだろう。そう思い、わざと明るく言って報告書を手の甲で叩いてみせる。

そうだな、と朽木も笑ってくれるものと思っていた。しかし、彼は困った顔になり、「それがな」と顎の無精ひげを撫でる。

「後は警察に任せて、ってのはそのとおりで、おまえの仕事は終了でいいと思うが……笠野俊夫の失踪事件は、まだ解決していないんだ。警察から連絡があってな」

今日はそれを伝えに来たんだ、と言いにくそうに口を開いた。

「山で見つかった遺体は、笠野俊夫のものじゃなかった。どうやら、笠野に金を貸していた、個人の金貸しらしい。警察は笠野俊夫を、死体遺棄の容疑で追っている」

＊

「山中から男性の遺体が発見された件」については、テレビでも報道された。遺体は、元不動産業者の本間《ほんま》譲二《じょうじ》という男だった。遺棄から二年経っていて顔の判別は難しかったが、歯の治療痕から判明したそうだ。

本間は不動産業の傍《かたわ》ら、金融庁に登録することなく、個人で金貸しをしていたらしい。何年か前に不動産売買の事務所は畳み、引退して悠々自適の生活を送っていたそうだが、当然、貸した金の回収は続けていたのだろう。本間の自宅から見つかった手帳などから、彼が失踪する直前、債務者と会う予定があったらしいことがわかった。その債務者、笠野俊夫も同時期に姿を消していることから、彼が何らかの事情を知っているものと見て、警察は笠野を追っている。

笠野は殺人事件の被害者ではなく、加害者だった。

つまり、俺が視た霊は笠野ではなく、彼に殺され埋められた、別の男――本間譲二の霊だった。

笠野と会っていた灰色の作業着の男を、いくら探しても見つからなかったはずだ。作業着の男と採めたヴィジョンは、笠野ではなく本間の記憶だった。灰色の作業着を着ていた、ヴィジョンの中の男こそが、笠野だったのだ。

俺は報告書を持って事務所を出た。智子に会って報告書を渡し、その後で楓の家に行く予定だった。

楓のことだから、ニュースを観て、これが俺のかかわっていた事件だと気づいているだろう。余計なことは話さないようにしなくては。楓の推理は当たっていた、ということだけ伝えたら、後はノーコメントで通すしかない。

結果的に遺体を見つけはしたが、俺の調査や推理は、ほとんどが見当はずれだったことになる。守秘義務の問題がなくても、こんな情けない顚末は、好き好んで話したいものではなかった。

朽木や智子から話を聞いた当初は、俺も、笠野は自殺するほどの状況下にあっただろうかと疑問に思っていたのだ。債権者が債務者に殺されるというのならともかく、その逆はメリットがないとも思っていた。しかし、カサノ陸運で霊の姿を視て、俺は、笠野俊夫は死んでいると思い込んでしまった。そして、霊があの場にいる以上は他殺なのだろうと、全てにおいてそれを前提として動くようになった。ヴィジョンが不鮮明だったこともあるが、先入観を持って捜査してしまったことについては猛省するしかない。

思い込みは思考を停止させる。

楓なら、視えることにばかり頼るからだよと言うだろうか。

朽木からの情報によれば、被害者の本間讓二は、随分前に妻と離婚し、その元妻も亡くなって、身よりは娘一人だった。その娘とも、疎遠になっていたらしい。

本間が失踪していることが騒ぎになっていたら、それを笠野の失踪と関連づけて考える人間がいたかもしれなかったが、本間は不動産業を引退してから人づきあいがほとんどなくなり、今回遺体が発見されるまで、誰も、彼が失踪していることに気づかなかった。失踪後に家賃や水道光熱費の引き落としが滞れば、大家が不審に思っただろうが、彼の口座には十分な金額が残っていたし、債務者たちからの毎月の返済もあり、家賃などの引き落としが滞ることもなかったらしい。

本間は近所の誰とも交流せず、新聞もとっておらず、彼の不在を気にする人間はいなかった。唯一、前職で知り合った男とは、たまに飲みに行くくらいの関係を築いていたようだが、本間は事件の直前、自宅マンションを引き払い、何年も会っていない娘を訪ねることを考えていると彼に話していたそうだ。娘は国際結婚をして、ドイツに住んでいるという。本間と連絡がとれなくなっても、友人は、きっと娘に会いに行っているのだろう、そのまま一緒に住むことになったのかもしれないと、特に気にとめなかったそうだ。

もちろん、返済を滞納していた債務者は、督促がないことに気づいていたが、債権者の不在を不審に思ってわざわざ調べたり警察に届けたりはしなかった。そのせいで、彼の失踪は誰にも知られず——笠野俊夫の犯した殺人は、明るみに出ないままだった。二年もの間。

借金の取り立てに来ていた、あるいは、追加融資のために会っていた本間を、笠野は何らかの理由で殺してしまい、その遺体をブルーシートでくるみ、運び出して山中に埋め、そのまま逃げ出した。まだ、そこまでしかわかっていない。詳しいことは、これから警察が調べて、いずれはっきりするだろう。

それまでは、おそらく俺が一番、事件当夜に起きたことを詳しく知っている。不鮮明で不完全なヴィジョンでも、本間譲二本人の目を通して、事件を目撃したのだから。

本間譲二はあの日、午後五時頃にカサノ陸運を訪れ、あのソファで、作業着を着た笠野と向かい合って話をした。返済の話だったのか、追加貸し付けの話だったのかはわからないが、とにかく、それは笠野の意に沿わない形で終わる。笠野は席を立った本間を押し止めようとし、二人は揉み合いになり、笠野に殺意があったのか、それとも事故のようなものだったのかわからないが、五時五十五分、本間は死亡する。

遺体が室内から運び出されたのが、霊の出現や移動のパターンから考えて八時十二分だとすると、笠野は二時間以上も、室内で遺体のそばにいたということになる。どうしたらいいのかわからず、途方に暮れていたのかもしれないし、目撃されるリスクを避けて、暗くなり人通りが少なくなるのを待っていたのかもしれない。運送業という仕事柄、ブルーシートを社内に置いていたことは、笠野にとっては幸運だった。笠野は遺体をシートでくるみ、外の車へと運んだ。もちろん、人のいないタイミングを見計らってのことだろうが、通りかかった木田には、車を見られてしまった。遺体を積み込むところを見られたわけではないから、失敗というほどの失敗ではない。木田に見られたこと自体、笠野は気づいていなかったかもしれない。

智子に会うため、かつて笠野の住んでいたマンションへと向かいながら、俺は当夜の彼の行動を想像する。

遺体を車に乗せたとき、あるいは、遺体を運んで山に入ったときも、笠野はまだ、自殺したふりをして行方をくらますつもりはなかったのではないか。最初からそのつもりだったなら、遺書を用意しておくなど、もっと確実に、自殺だと思わせることもできたはずだった。

笠野が遺体を隠そうとしたのは、きっと、遺体を埋めた後、自分は日常に戻るつもりでいたからだ。しかし、山中で一人になった彼は、どこかの時点で——遺体を運びながら、あるいは埋めながら、もしくは埋め終わってからかもしれない——気づいてしまった。日常に戻っても、借金や会社の経営や夫婦関係は何も解決していないということ。殺人の疑惑からも逃れられるかどうかは、わからないということにも。

それなら、いっそこのまま逃げてしまおうと、衝動的に思ったとしても無理はなかった。彼はそのときに初めて、自分が山に入ったと思わせるため、車を山中に置いたままにすることを思いついたのかもしれない。そして、どうにかして、車を使わずあの山を下りた。全てを捨てて逃げ出すため、自分の痕跡を極力残さないように。

遺体とともに事務所を出たときは、遺体を山に埋めた後自宅に帰るつもりだったのだから、出勤時に着ていた衣服は、車に積んであったのだろう。遺体の処理を終えてからきれいな服に着替えて、土で汚れた作業着は、逃走途中で捨ててしまえばいい。

何時間もかけて、徒歩で山を下りたのだろうか。携帯電話は、追跡されないよう、逃走の過程で捨ててしまっただろうが、遺体を埋め終わったばかりのときはまだ持っていたはずだから、タクシーを呼んだ可能性もある。身元が割れるおそれのあるカードは使えなかっただろうが、財布の中にいくらかは現金があっただろうし、朽木の話では、本間の財布からは金が抜かれていたそうだから、それも逃走資金の足しにしたのだろう。笠野がタクシーを呼んだとしたら、夜、山の中に呼ばれた車の記録が残っているかもしれない。

警察が追っている以上、いずれわかることだ。これ以上は、一介の探偵の仕事ではなかった。俺の仕事は終わったのだ。

報告書を渡しにマンションを訪ねると、智子は疲れた顔で出迎えてくれた。探偵事務所を訪ねてきてからまだ一週間くらいしか経っていないのに、かなり印象が違っている。化粧が薄いのと、髪をセットしていないせいかもしれない。目の下に隈《くま》があったが、表情は暗くはなかった。

彼女は俺の目の前で報告書をぱらぱらとめくり、最後のページを確認してから、

「凄腕なんだね、探偵さん。ほんとに遺体を見つけちゃうんだもん」

目を伏せたまま、そんなことを言う。苦笑というほどでもないが、微妙な笑顔だ。

「頼んでおいて何だけど、後で考えてみたら、無理があったかなって。何か月もかかったら、タイムチャージ払えなくなっちゃうなって思い始めたとこだったから、あんまり早くて、びっくりした。それがあの人の遺体じゃなかったって聞いて、もっとびっくりしたけど」

俺は、彼女にどんな言葉をかけていいのかわからなかった。

死んだと思った夫が生きていたというだけなら、普通は喜ぶところなのだろうが、事はそう単純ではない。彼は債権者を殺して逃げた疑いをかけられているのだ。今のところは死体遺棄容疑だが、実質的には殺人の容疑者と目されていることを、智子がわかっていないわけがない。

夫が人を殺して逃げているなんて、彼女は想像もしていなかっただろう。とっくに気持ちが離れた夫婦だったとしても、平気なはずがなかった。

「もう死んだと思ってた人だから、今さらどんな事実が出てきたって平気だと思ってたんだけどね。死んだんじゃなかったんだ、自分の意思で帰ってこないだけなんだ、ってわかったら、

何かちょっと、もやっとした。どこかで新しい人生満喫してたらむかつくなとか。パニックになって逃げ出したなら、あの人らしいけど、でも、あんな小心者が人殺しなんて、よっぽど思いつめてたのかなとか……自殺したと思ったときも考えたことだけど、私がもうちょっと……あ、ごめん、こんな話されても、探偵さん困るよね」

「いえ……そんなことありません」

智子のほうから、こんなに話してくれるのは初めてだ。調査終了という段階になってようやく、少し心を開いてくれたような気がした。

俺が首を横に振ると、智子は少し笑った。優しいね、と呟く。

「これでも私、あの人がいなくなった直後は、ちょっとは悩んだんだよ。夫婦としては冷めてたけど、だからって、何も感じなかったわけじゃないんだ」

「はい」

「今回のことでまた考え込みそうになったけど、もうやめる。一回悩んで、立ち直ったんだもん。警察の捜査はこれからだけど、私にとっては終わったことだって思うことにする。弁護士さんに聞いたら、夫失踪のままでも、離婚手続きはできるらしいし」

彼女はぱたんと報告書を閉じて、両手を腿の上で重ねた。初めて話したときと比べると、姿勢がよくなったと感じる。しっかりしなくてはと、彼女自身が意識しているからかもしれない。

「保険金は入らないけど、すっきりした。本当のことがわかってよかった」

吹っ切れたようにそう言って、智子は報酬を払ってくれた。

俺は智子に月並みな挨拶をして、頭だけは深く下げて、廊下に出る。

笠野家のドアが閉まるとほぼ同時に隣の部屋のドアが開いて、長久保美津子が顔を出した。俺は会釈だけして通り過ぎる。彼女は話をしたそうにしていたが、俺はそのままエレベーターに乗り込み、ドアを閉めた。

笠野の——智子のマンションを訪ねるのも、これが最後だろう。

エレベーターを降りてロビーを抜け、一歩外へ出たとたんに、ひんやりとした風が吹いた。数日で急に、秋めいてきた気がする。陽射しのある昼間はいいが、日が暮れると、とたんに肌寒くなる。俺はジャケットの前をかき合わせてマンションの窓を見上げ、なんとなく、頭を下げてから歩き出した。

すっきりした、と言いながら、智子はどこか悲しそうだった。冷めた夫婦だったと言ってはいたが、彼女は、心底夫のことをどうでもいいと思っていたわけではないのだろう。夫のほかに恋人がいたとしても、夫に対しても、少しは情が残っていた。俺に遺体捜しを依頼したのは、生命保険のためというのもあっただろうが、何より、死んでいると確かめることで、前へ進もうとしていたのではないか。

ふてくされたような調子で、保険金のためだと言い放って、露悪的な態度をとって、それでも本当はきっと——二度と戻らないと確認しないと、次へ進めない程度には、気にしていた。表には出さなかったが、自分の無理解や不貞行為が夫を追いつめたのではないかと、少なからず罪悪感も感じていただろう。

だとしたらなおさら、判明した事実は、彼女にとって残酷なものだったかもしれない。それでも、最終的に前を向くきっかけになったのなら、この調査は彼女にとっても意味のあるものだったはずだ。そう思いたい。

時計を見ると、楓と約束している時間までには、まだ少し余裕があった。

夕食には早い時間だが、どこかで、軽く何か食べていこうか。楓の家庭教師をしにいくのは七時からだから、また夕食に誘われるかもしれないが、さすがに毎回ごちそうになるのも悪い。夕食を辞退しても、どのみち事件のことは訊かれるだろうが、余計なことは話さないようにしなくては。

うまいかわし方をシミュレートしているうちに、カサノ陸運の近くまで来た。まだ時間があるので、少し寄り道をしてみることにする。

警察の捜査に必要だからと言われて、鍵は朽木に返してしまったから、建物の中には入れない。それでも、窓から覗くことくらいはできるはずだ。もう来ることもないだろうから、最後に確かめておきたいことがある。

事件現場なのだから――警察が、それを確信できるだけの証拠を見つけられたのかどうかはわからないが――ロープやテープで立ち入りを制限されているかと思ったが、そういったものは見当たらなかった。もう現場検証は終わったからか、建物自体に鍵がかかるので、事件現場を荒らされるおそれはないという判断だろうか。アクティブな現場ではないので当たり前だが、近くに警察官が立って見張りをしている、ということもなさそうだ。それを確認して、そっと建物に近づく。

結局あの霊は、笠野俊夫の霊ではなかった。俺が思っていたような、家庭に居場所がなく、仕事に疲れ、そのあげくに殺されて、妻にさえ自殺したと思われている男の霊ではなかった。

本間讓二という名前の彼のことを、俺はほとんど知らない。

ニュース番組や、朽木から聞いた情報でしか知らないが、彼もまた、孤独な男ではあったようだ。彼がどんな思いで死んだのかも、どんなつもりで毎晩、自分の死んだ夜と同じ行動を繰り返していたのかも、わからない。

だから、気になっていた。

果たして、彼は救われたのか。

俺は、本人の霊に導かれて、遺体を見つけることができたと思っていた。けれど、後になって、ふと不安になったのだ。彼は俺を遺体のところまで導いたのではなく、ただ単に死んだ後の流れを機械的に繰り返していただけで、そこに本人の意思がなかったのだとしたら、と。

以前にも、遺棄された遺体のそばに現れる霊を視たことはあった。そのときは、それがきっかけで遺体は発見されることになったのだが、遺体が掘り起こされた後、霊がその場に現れなくなったのかどうかは、確かめていなかった。

遺体を見つけることができれば、未練は消え、霊はそこにとどまる必要がなくなる。単純にそう思って、疑いもしていなかったから、わざわざ確かめようともしなかったのだ。これまでは、あまり気にしたことがなかった。

自分の能力が限定的なものであることは理解しているつもりだったが、それに加えて、今回のことで、死者と生者とは、どうしようもなく隔てられているのだということを実感した。そこにいるのが視えていても、記憶の一部を覗き見ることができても、交わることはできない。少なくとも俺にはできない。

俺に霊の声が聞こえないように、霊にも俺の声が届いていないとしたら——二つの世界が完全に断絶しているのだとしたら、最悪の場合、彼はまだ、自分の遺体が発見されたことに気づかずにいるかもしれない。そして遺体が発見された今も、同じ行動を繰り返している可能性があった。

もしそうだとしたら、こんな悲しいことはない。

それではいつまでも救われない。

彼は生前、疎遠になっていた娘に会いに行くつもりだと、友人に話していたという。結局それはかなわなかった。

彼はきっと、見つけてほしかったのだろう。そのために、誰かに気づいてほしいという思いから、毎晩現れ、あの夜も自分を導いたのだろう。

そして今は解放されたのだと、信じたかった。

何度も通って、彼の記憶まで視たのに、俺は彼のことを何も知らない。それでも、彼が、家族に真実を知ってほしい、誰かに見つけてほしいと願っていたこと、その思いが俺に伝わったことは、俺一人の思い込み、勘違いではないはずだ。

自分のしたことが、彼にとっても意味のあることだったのか、それが知りたかった。

時計を見る。ちょうど六時になったところだった。

建物の反対側へ回り、駐車場に面した窓から、そっと覗いてみる。

もしもそこに、淋しげに佇む彼がいたら。そう思うと緊張した。

けれど、がらんとした室内に、霊の姿はない。

俺は深く息を吐き、窓から離れた。

あの霊はもう、現れない。それは俺にとっても、救いだった。

今度こそ、これで、自分の仕事は終了だ。建物に背を向け歩き出す。意識して背筋を伸ばし、一歩を大きくした。

自分も、前を向かなければ。

楓と家政婦の小池に手土産を買っていくことを思いつき、俺は一本外れた道に入り、鯛焼き屋へと向かった。

解説

大山誠一郎

『ただし、無音に限り』。謎めいた魅力的なタイトルです。このタイトルに惹かれて本作を手に取る方も多いことでしょう。「無音に限り」とは、いったい何を意味しているのでしょうか。

本作の主人公であり語り手である「俺」こと天野《あまの》春近《はるちか》は、推理小説の名探偵に憧れて私立探偵になったという変わり種ですが、極めて特異な能力を持っています。霊の姿を目にする(「視《み》る」)ことができるのです。それだけではなく、霊がいる場所で眠ることで、霊が生前に見たもの、霊になってから見たもの(「ヴィジョン」)を目にすることもできます。

霊能力を持つ人物がトラブルを解決する物語は、昔から多く書かれてきました。近年の日本の作品に限っても、小野不由美《おのふゆみ》さんの〈ゴーストハント〉シリーズ(〈悪霊〉シリーズ)、神永《かみなが》学《まなぶ》さんの〈心霊探偵八雲《やくも》〉シリーズ、有栖川有栖《ありすがわありす》さんの『濱地《はまじ》健三郎《けんざぶろう》の霊なる事件簿《くしび》』、著者の〈霊感検定〉シリーズ、ヤマシタトモコさんの漫画『さんかく窓の外側は夜』などがあります。

これらの作品と本作との違いを端的に示すのが、「無音に限り」という言葉なのです。

これらの作品で霊能力を持つ人物は皆、それなりに高い能力を有しています。一方、本作の天野の能力には大きな制約があります。

天野は霊の姿を、顔立ちどころか年齢や性別すらわからない、ぼやけた輪郭としてしか視ることができません。霊とコミュニケーションを取ることもできない。また、天野が視る「ヴィジョン」は短く断片的で、音を伴いません。まるで無声映画を切れ切れに観ているようなものです。「無音に限り」という言葉は、こうした天野の能力の制約を端的に表しています。

天野は殺人事件の現場に立つ被害者の霊を視て証拠を見つけたこともあり、そのおかげで、「証拠がどこにあるかわからない事件でこそ、実力を発揮する探偵」との評価を一部では得ているので、霊能力が使い物にならないわけではありません。しかし、同じ著者の〈霊感検定〉シリーズの霊感少年少女が霊とコミュニケーションを取ったり、霊を自分のからだに憑依《ひょうい》させる能力を持っていたりするのに比べると、能力が著しく劣っています。

著者はなぜ、天野の能力に制約を設けたのでしょうか。それは、本作の主眼が謎解きにあるからだと思います。もし霊とコミュニケーションを取ることができたら、謎はたちどころに解かれてしまう。推理によって謎を解かせるためには、天野の能力に制約を設けなければなりません。

そして、天野の能力の制約は、謎解きミステリとしてユニークな特徴を生み出してもいます。ネタばらしにならない程度に具体的に見ていきたいと思います。

第一話「執行人の手」で、天野は、資産家の父親を病気で亡くした女性から依頼を受けます。

自分の父親と同居していた甥《おい》の羽澄楓《はずみかえで》が、父親の死に関与した証拠を見つけてほしいというのです。天野の視た「ヴィジョン」から、資産家は病死したのではなく毒殺された可能性が浮かび上がりますが、本当に楓が関与したのかどうかはわからない。他の相続人が関与した可能性も捨てきれない。ここで提示されるのは、断片的な「ヴィジョン」をどう解釈するのかという魅力的な謎です。

天野はやがて、「ヴィジョン」の中に手がかりがあることに気づきます。「あんなに何度も思い起こしたヴィジョンの、決定的な不自然さに気がついた」。これは、小説作品には珍しい映像的な手がかりです。

第二話「失踪人の貌《かお》」で、天野は、二年前に失踪した小さな運送会社の社長の妻から依頼を受けますが、「失踪人捜し」という私立探偵小説に典型的な依頼と思わせて、実は「失踪人の遺体捜し」の依頼というところがユニークです。霊は視えるがコミュニケーションは取れないという設定だからこそ成り立つ依頼内容と言えるでしょう。コミュニケーションを取れたら、霊に聞いて遺体のある場所はすぐに判明してしまい、謎解きが成立しなくなるからです。

天野は閉鎖された運送会社の事務所で霊を発見し、そこで視た「ヴィジョン」から社長が殺害されたらしいことを知りますが、「ヴィジョン」には犯人の下半身だけが映っており、それが誰かはわかりません。天野は遺体捜しとともに犯人捜しをすることになりますが、最後に明らかになる真相は、天野の能力の制約があってこそ成り立つものです。

こうして見ると、天野の能力の制約は、音がなく断片的な「ヴィジョン」をどう解釈するのかという謎、霊は視えるがコミュニケーションは取れないがゆえに成り立つ依頼内容（遺体捜し）、「ヴィジョン」に秘められた映像的な手がかり、「ヴィジョン」を利用したサプライズの仕掛け――といったユニークな特徴を謎解きミステリにもたらしていることがわかります。

　ここからは、謎解きにとどまらない、織守作品の小説としての魅力を見ていきましょう。

　織守作品は大きく二系列に分けることができます。一つ目は、弁護士でもある著者の知識と経験が十全に活かされた、法律を扱った作品。民営刑務所を舞台にした『SHELTER/CAGE』、法律を巡るさまざまな人々のホワイダニット『少女は鳥籠で眠らない』（『黒野《くろの》葉月《はづき》は鳥籠で眠らない』改題）、医療過誤訴訟を扱った『301号室の聖者』、司法修習生たちを描いた『朝焼けにファンファーレ』などがこの系列に入ります。結婚を控えた青年に脅迫状が送りつけられる事件を追う『花束は毒』も、法律的要素が重要な意味を持つ点で、この系列に入るでしょう。

　二つ目は、スーパーナチュラルな要素を扱った作品。デビュー作『霊感検定』をはじめとする〈霊感検定〉シリーズ、日本ホラー小説大賞読者賞を受賞した『記憶屋』をはじめとする〈記憶屋〉シリーズ、吸血種の絡んだ犯罪を捜査する吸血種関連問題対策室の活躍を描いた〈吸血種〉シリーズ、連作怪談掌編集『響野《きょうや》怪談』、主人公がある特殊能力により連続殺人犯の正体を知ってしまう『幻視《げんし》者《しゃ》の曇り空』などがこの系列に入ります。本作はこちらの系列に分類されます。

　法律というこれ以上ないほど現実的な要素と、スーパーナチュラルな要素を、同じ著者が扱っていることに驚きますが、二系列の作品群はそれほどかけ離れた印象を与えるわけではありません。スーパーナチュラルな要素を扱った作品群でもしばしば、法律知識が作品にリアリティを与えています。そして何より、どちらの作品群でも、読者を惹《ひ》きつけ魅了するのは、織守ワールドともいうべき独特の世界です。

織守ワールドの特徴の第一は、その登場人物でしょう。彼らを表すキーワードは、「優しさ」、「真っ当さ」、「意志の強さ」だと思います。

ここで言う「優しさ」とは、他人を思いやり、気遣い、相手の立場を理解することです。とてもそうは見えない強面の人物やちゃらちゃらしたように見える人物でも、その言動のベースには優しさがある。本作の天野は、「俺」というハードボイルドな一人称に似合わずどこか頼りないですが、彼も優しい人物です。「執行人の手」で天野は、羽澄楓が殺人者だとは信じられず、「あんな子どもがただ一人の家族を殺したなんて、そんな悲しいことが、現実であってほしくない」と思います。また、「執行人の手」でも「失踪人の貌」でも、他の作家の描く主人公ならば批判的に見てもおかしくはないだろう依頼人を、天野は常に優しい目で見ようとしています。

次いで、「真っ当さ」。一見、やさぐれた人物や好感が持てないように見える人物でも、人としての佇《たたず》まいに筋が通っていて、崩れることがありません。

そして、「意志の強さ」。登場人物たちは、普通なら挫けてしまうような状況でも、ひたむきに生きています。たとえば、〈霊感検定〉シリーズの霊感少年少女は、霊能力のせいでとても生きづらいはずですが、それに負けることなく、生者死者を問わず苦しい状況にある者のために日々活動しています（もっとも、「意志の強さ」がマイナスの方向に発揮される場合もあり、そのときは読者は作品の結末で慄然《りつぜん》とすることになります。それも織守作品の魅力の一つです）。

登場人物たちをばらばらに描くのではなく、関係に焦点を当てて描くのも織守作品の特徴と言えるでしょう。どの作品でも、登場人物たちの関係ややり取りがとても魅力的に描かれています。そして、そうした関係は静的なものではなく、時間とともに変化していく動的なものです。本作でも、第一話「執行人の手」で疑惑の人物として現れた少年、羽澄楓は、第二話「失踪人の貌」では天野を家庭教師として雇い、天野の年少の友人でありよき相談相手となっています。

また、織守作品ではしばしば、「出来事」ではなく「人」そのものが謎となります。その登場人物が何を考えてそのような言動を取っているのか、それが興味の中心となるのです。その好例が短編集『少女は鳥籠で眠らない』で、収録作品はどれも、「○○○○（人名）は〜ない」という題名を持ち、題名になっている人物の言動の謎が、法律を通して解かれます。本作の「執行人の手」でも、楓が何を考えて行動していたのかが大きな謎となります。

食べ物や食事の描写が多いことも特徴と言えるでしょう（本当に美味しそうな描写なので、空腹時に読むのはご注意を）。それも、一人で食べる描写ではなく、誰かと一緒に食べる描写が多い。織守作品では、食事は単なる栄養補給の手段ではなく、コミュニケーションの一つなのです（『霊感検定　心霊アイドルの憂鬱《ゆううつ》』で、霊感少女、羽鳥空《はとりそら》は言います――「誰かと一緒においしく食べるのが特にいいって」）。これは、前述したような、登場人物たちの関係に焦点を当てて描くという特徴の表れの一つと見ることもできます。

本作では、天野は楓の住む家を訪れ、家政婦の小池《こいけ》すみれの作った料理を、楓とともに食べます。それは、天野と楓が育む不思議な友情を象徴する場面です。

弁護士としての知識と経験に裏打ちされたリアリティ、スーパーナチュラルな要素を自在に使いこなす奔放《ほんぽう》な想像力、読者を惹きつける多彩な登場人物たちと、その行く末を気にせずにはいられなくなる彼らの関係。ひとたび織守作品に触れたなら、そうした魅力の虜《とりこ》になって次々と作品に手を伸ばすことになるのは確実です。

そして、本作での天野の制約付きの霊能力も、天野と楓の関係も、まだまだ描く余地がありそうです。本作の続きを著者が書いてくれることを願ってやみません。

本書は二〇一八年、小社より刊行された作品の文庫化です。

検印
廃止

著者紹介　1980年ロンドン生まれ。2012年に『霊感検定』で講談社BOX新人賞Powers、15年に『記憶屋』で日本ホラー小説大賞読者賞を受賞。ほかの著書に『少女は鳥籠で眠らない』『朝焼けにファンファーレ』『幻視者の曇り空――cloudy days of Mr.Visionary』『花束は毒』などがある。

ただし、無音に限り

2021年12月24日　初版

著者　織守《おりがみ》きょうや

発行所　（株）東京創元社
代表者　渋谷健太郎

162-0814/東京都新宿区新小川町1-5
電話　03・3268・8231-営業部
　　　03・3268・8204-編集部
URL　http://www.tsogen.co.jp
モリモト印刷・本間製本

ISBN978-4-488-41221-0　C0193

学園ミステリの競演、第2弾

HIGHSCHOOL DETECTIVES II◆Aosaki Yugo, Shasendo Yuki, Takeda Ayano, Tsujido Yume, Nukaga Mio

放課後探偵団

2 書き下ろし学園ミステリ・アンソロジー

青崎有吾 斜線堂有紀
武田綾乃　辻堂ゆめ　額賀 澪

創元推理文庫

◆

〈響け！ユーフォニアム〉シリーズが話題を呼んだ武田綾乃、『楽園とは探偵の不在なり』で注目の斜線堂有紀、『あの日の交換日記』がスマッシュヒットした辻堂ゆめ、スポーツから吹奏楽まで幅広い題材の青春小説を書き続ける額賀澪、〈裏染天馬〉シリーズが好評の若き平成のエラリー・クイーンこと青崎有吾。1990年代生まれの俊英５人による書き下ろし学園ミステリ・アンソロジー。

収録作品＝武田綾乃「その爪先を彩る赤」，
斜線堂有紀「東雲高校文芸部の崩壊と殺人」，
辻堂ゆめ「黒塗り楽譜と転校生」，
額賀澪「願わくば海の底で」，
青崎有吾「あるいは紙の」